Die Botschaft der Heckenrose

Naturzerstörung und Naturliebe

Wolf E. Matzker

Autor: Wolf E. Matzker
Geschrieben: 2021 - 2022
Herstellung und Verlag: BoD – Books
on Demand, Norderstedt
ISBN: 9 783 756 225 781

Die Botschaft der Heckenrose

Naturzerstörung und Naturliebe

eine spirituelle Erzählung

Wolf E. Matzker

Inhaltsverzeichnis:

1. Vorwort

Wir leben in einer Zeit der beispiellosen Naturzerstörung und der Naturvernichtung. Das Massensterben der Tiere, der Pflanzen, der Rückgang der Insekten, der Biodiversität.

Zerstörung und Vernichtung sind oft sehr destruktiv und böse. Leider sind sie Teil der umfassenden Natur, die wir in allen Aspekten einfach akzeptieren müssen. Massensterben und andere Katastrophen hat es in der Erdgeschichte öfters gegeben. Jetzt ist der Mensch aber der große Zerstörer.

Ist alles am Ende?

Gibt es die Möglichkeit eines Neuanfang?

Kann man vom Weltbild der alten Göttin lernen, eine neue Richtung beginnen? Der alte Geist stand im Allgemeinen immer für Naturbewahrung, Harmonie mit der Natur, einem intensiven, spirituellen Leben in und mit der Natur., aber auch wohl mit Bescheidenheit, Beschränkung auf das Notwendige und Ergebenheit ins Schicksal.

Der Materialismus und der Konsumismus sind das Gegenteil von Bescheidenheit. Inzwischen hat man zwar erkannt, dass nur Kreislaufsysteme auf die Dauer sinnvoll sind, aber von einem echten Gleichgewicht ist man noch sehr weit entfernt, weil vor allem menschliche Interessen, isb. Kapitalinteressen zählen.

Manches, wie Kriege, schien überwunden, aber in diesem Jahr 2022 haben wir einen fürchterlichen Rückfall in der Ukraine. Woher kommt das Böse, was ist es, warum ist es überhaupt da?

Die Heckenrose ist eine besondere, anmutige Pflanze. Vielen mag sie gar nicht auffallen, weil ihre Blüten nicht spektakulär sind. Wir können in ihr aber die Wildnis und die Schönheit entdecken, wenn wir dafür offen sind. Wir können in ihr auch eine Art Symbol von Bescheidenheit, Überlebenswille und Anpassung an karge Bodenverhältnisse sehen.

Es muss natürlich nicht unbedingt die Heckenrose sein, die uns als Symbol einer anderen Lebenskultur dienen kann, denn es gibt viele natürliche Pflanzen, die unser Gemüt und unser Herz ansprechen können. Es könnte auch ein Tier sein, ein Hase oder ein Rosenkäfer, worauf es ankommt: wir müssen etwas erkennen, das für ein integriertes Leben in und mit der Natur steht. Davon sind wir gegenwärtig Welten entfernt. Immer ist nur von den Ansprüchen und Bedürfnissen der Menschen, der vielen Menschen die Rede. Allein die Überbevölkerung ist ein großes Tabuthema.

Wer die Natur liebt, muss den Menschen kritisieren. Leute, die einen absolut anthropozentrischen Standpunkt haben, mögen keine Kritik, mögen keine Auseinandersetzung mit den Grundlagen der technischen Zivilisation, die jedoch unerlässlich ist, wenn man ein wirklich harmonisches Verhältnis von Mensch und NATUR anstreben will.

Mir ging und geht es vor allem darum. Um die Einordnung und Unterordnung in den Kreislauf des Werdens und Vergehens, in den Kreislauf der NATUR.

Wolf E. Matzker, 11. Juni 2022

2. Die kranke Gegenwart

Auf der Insel Wangerooge sind Container angespült worden. Auf der Insel Langeoog sind Tausende von kleinen Plastikeiern angespült worden, sogenannte „Überraschungseier", und bunte Legosteine.

Im Internet kann man sich, wie immer bei besonderen Ereignissen, Fotos ansehen. Für manche mag das ja nur kurios oder gar lustig sein, für Helge ist es widerlich und zeigt ihm wieder einmal die Krankheit der modernen Welt.

Die gigantischen, völlig überdimensionalen Containerschiffe sind nicht wirklich sicher. Es kommt ein Sturm und es gehen Container über Bord. Versinken im Meer und sind erst einmal verschwunden. Oder die Ladung wird an Land gespült. Holzlatten auf der Insel Wangerooge. Plastikzeug auf der Insel Langeoog.

Was ist das nur für ein Umgang mit der Natur!

Was ist das nur für eine Verschwendung!

Was ist das nur für eine Besudelung der Erde,

für ein Frevel gegen MUTTER ERDE!

Man kann es, wie so oft, als Unfall und Einzelereignis abtun, sich damit beruhigen, die Wahrheit verdrängen, von sich schieben – oder man nimmt es, wie Helge es tut, als Symptom einer kranken Welt.

"Wir sind schon gut vorangekommen", sagt Thomas Pree vom Tourismus-Service Langeoog gegenüber NDR.de. "Unser Dank gilt den vielen Freiwilligen, die helfen, den Strand zu säubern." Einheimische und Touristen haben am Donnerstag bereits Zehntausende Überraschungseier und massenweise Lego-Steine eingesammelt, die durch das Sturmtief "Axel" angeschwemmt worden waren. "Für viele zählt dabei der Umweltgedanke", so Pree. Denn das Spielzeug soll weg sein, bevor es mit den nächsten Fluten wieder ins Meer geschwemmt wird. Bei Anbruch der Dunkelheit ist die Aktion am Donnerstag unterbrochen worden, am Freitag geht es weiter: "Ein rund 500 Meter langer Strandabschnitt muss noch gesäubert werden", so Pree. Die Kurverwaltung stellt den Freiwilligen Säcke zur Verfügung und transportiert das Strandgut mit Fahrzeugen ab. Wer möchte, könne Ü-Eier und Lego aber auch gern nach Hause mitnehmen, so Pree: "Hauptsache, wir sind das los."

Was mit dem Spielzeug passieren soll, das keiner nach Hause mitgenommen hat, ist laut Pree noch unklar, die Besitzverhältnisse seien noch nicht geklärt. Auch die Höhe der Kosten für die Aufräumarbeiten sei noch ungewiss. "In den nächsten Tagen werden dann noch Strandreinigungsgeräte den Sand harken und säubern, so Pree. Neben dem Spielzeug sind auch Plastiktüten, Verpackungen und weitere Dinge angespült worden. "Fahrradreifen, Stecker für Computer und einzeln verpackte Netzwerkkabel - da ist so einiges dabei", sagt Pree. Die Gegenstände stammen vermutlich aus einem Schiffscontainer, der am Mittwoch im Sturm über Bord gegangen war. "Das ist nicht mehr lustig, sondern eine große Umweltbelastung und höchst schädlich für Tiere", so Bürgermeister Uwe Garrels (parteilos).

Quelle: NDR, Niedersachsen.

Das positive Gegenstück zu dem mit Plastikeiern besudelten Strand ist der reine, ursprüngliche Strand. Man sehnt sich nach einem schönen, unverdorbenen Strand. Vielleicht wird diese Sehnsucht bei den Menschen noch viel größer werden als bisher, wenn sie merken, dass zu vieles zu sehr verunstaltet, zu vieles zu sehr bebaut und verbaut worden ist.

Wer krank ist, sehnt sich nach Gesundheit.

Wer vergiftet ist, sehnt sich nach Reinheit.

Das kommt einfach zwangsläufig. Nehmen wir den schlimmsten Fall an und die Menschheit vernichtet sich selbst, dann wird es irgendwann eine Zeit der Reinheit geben, egal wie lange das noch dauern mag.

Heute müssen wir alle in einer kranken Gegenwart leben dachte Helge. Alles ist krank geworden, wahnsinnig, irrsinnig, verrückt – eigentlich haben wir keine Adjektive mehr.

Wie sollen wir den Smog in China und Indien bezeichnen? Die Leute können kaum richtig atmen, aber sie fahren weiter mit den Autos, den Mopeds. Was ist das für eine Verrücktheit? Sollen wir sie bedauern? Sollen wir diese Verrücktheit hassen? Am Ende kommt der Dreck über die Atmosphäre auch zu uns. Alle vergiften die Atmosphäre, weltweit, verbrennen und verbrennen. Aber jeder will seinen kleinen Kamin haben und lügt sich was in die Tasche. Alle sind beteiligt an der großen Vergiftung der Luft. Alle blasen CO_2 in die Luft. Längst ist es zu viel geworden. Keiner will aufhören. Das einfache Aufhören scheint das Schwierigste zu sein! Keiner will aufhören!

Ein reiner Strand.

Reine Luft.

Reines Wassers.

Eigentlich sollte das selbstverständlich sein.

Naturmystik, Schamanismus, Naturreligionen aller Art waren immer für das Reine. Reine Luft, reines Wasser, reines Land. Die Ausbeuter aller Zeiten haben immer vergiftet, verbrannt und vernichtet. Das war und ist der fundamentale Gegensatz in der Welt. Das eine ist gut, das andere ist böse. So war es schon immer. Lügen und Verdrehungen der Wahrheit brauchen immer nur die Betrüger, die den Menschen Wohlstand vorgaukeln und sie tatsächlich ausnutzen und ausbeuten.

3. Die Fuchsklippe

Als Helge die Fuchsklippe erreichte, musste er feststellen, dass die Fichten, die noch vor einigen Monaten, im Frühsommer, vital und grün gewesen waren, nun auch gestorben sind.

Es ist irgendwie alles am Ende, dachte er.

Warum haben es die Steine und der Kraftplatz nicht geschafft, die Fichten zu erhalten?

Helge sieht viele grell-rote Markierungen auf der braunen Rinde, das bedeutet, dass die toten Fichten in absehbarer Zeit gefällt werden. Die Kraftsteine der Fuchsklippe werden nicht mehr geschützt im dunklen Wald stehen, wie noch vor zwei Jahren. Wenn es wieder eine Dürre geben wird, dann wird die Sonne erbarmungslos das Moos weg brennen und die Steine aufheizen. Bis die kleinen Bäume groß sind, werden viele Jahre vergehen.

Die Steingruppe ist ein besonderer Kraftplatz. Ein magischer Ort. Heute fragte Helge sich, woher eigentlich das Wort „Magie" kommt. Es ist kein deutsches Wort. Aber, egal woher es kommt, aus dem Griechischen oder aus weiterer Vergangenheit, man muss es ohnehin neu mit Inhalt füllen, einen neuen magischen Weg gehen und entwickeln.

Magie heißt für Helge nicht, dass er auf magische Weise die Welt verändern, dass er sie im seinen Sinne vielleicht manipulieren will, sondern er möchte eher die Kraft der Natur erfassen, ihr magisches Wirken.

Die Fuchsklippe ist so ein Ort, an dem sich für ihn das magische Wirken und Gestalten der Natur zeigt.

Er will nichts für sich, er möchte es nur spüren. Das genügt ihm.

Moderne Hexen und andere Leute wollen immer was für sich. Die Zeit solcher Haltungen ist für Helge vorbei. Schon länger ist sie das. Er denkt nicht, dass viele seine Sicht teilen; es ist ihm auch egal geworden. Da er kaum jemanden erreicht hat, ist für ihn das Thema vorbei.

Es ist irgendwie alles am Ende.

Das Böse beherrscht die Welt. Die Bösen. Sie haben so unendlich viel zerstört. Die Fichten, die hier vor Monaten noch lebten, wollten sie nicht retten. Sie haben es laufen gelassen. wie sie so vieles einfach nur laufen lassen.

Wie lange mögen die Steine hier schon so liegen?

*

Kürzlich las Helge einen Roman von Aitmatow, DER WEISSE DAMPFER, in dem es um einen kleinen Jungen geht, der an eine Religion der Natur glaubt, nämlich an die *Gehörnte Hirschkuh*, die einst sein Volk gerettet hatte und auch ihm nun helfen sollte. Als die Maral-Hirsche wieder auftauchen, glaubt er zunächst, dass eine gute Zeit kommen würde, aber er muss dann erleben, dass sie von den brutalen Menschen getötet wurden. Für ihn bricht damit eine Welt zusammen. Für ihn ist damit alles am Ende.

*

Im Frühsommer sah Helge Füchse bei den Fuchsklippen. Wo mögen sie jetzt sein? Die schützenden Bäume sind fort. Ob es unter den Steinen eine verborgene Höhle gibt? Er schaute nach, konnte es aber nicht mit Sicherheit beantworten. Hoffentlich hat sie kein Jäger getötet, weil er Füchse hasst. Hass und Hetze sind bei Jägern normal, werden akzeptiert. Es weiß ja auch niemand, was sie so im Wald treiben. Wer kann das kontrollieren? Und im Wald sind die Jäger und die Forstleute die herrschende Klasse. Menschen wie Helge haben keine Macht und werden niemals welche haben. Helge ist und bleibt ohnmächtig.

4. Uhlenkopf

Ein Freund hatte Helge eine Einladung zu einer Pilgerwanderung geschickt. Er hatte ihm geschrieben, dass das nichts für ihn sei. Seine Religion sei eine naturverbundene *outdoor-religion,* wie die Indigenen sagen. Von dem christlich-jüdischen Gott habe er sich abgewendet und er mag auch nicht mehr das Wort „Gott" verwenden. Das ist und bleibt ein patriarchalisches Konzept. Eine Kopfreligion. Eine Religion des Wortes, der Wörter.

Helge sind die Erfahrungen in und mit der Natur lieber.

In Norddeutschland pilgern, das findet er unpassend, denn es gibt keine passenden Orte, keine Marienkapellen auf dem Land, keine Wegkreuze, nichts. Es ist alles mausetot.

Helges Tempel sind die Klippen im Harz.

Aber er nennt sie nicht „Tempel", denn das Wort ist nicht seines, passt nicht zu den Deutschen, kommt aus einer anderen Weltgegend, aus anderen, fernen Kulturen der Vergangenheit. Wir haben nur leider kein eigenes, das allgemein verständlich und anerkannt ist. Aber braucht man ein Wort? Ist ein Wort das Entscheidende? Nein, sagt Helge, denn es geht um Erfahrungen, um ein Erlebnis oder ganz schlicht um das Anwesendsein, bei den Klippen, im Wald, auf den Bergen.

Mit anderen, unbekannten Leuten mochte er ohnehin nichts mehr machen. Sie würden ihn nur stören. Ihn interessierte auch nicht deren Sichtweise, egal, wie sie aussehen mochte. Er und die anderen lebten in zu unterschiedlichen Welten, was er eher bedauerte als beklagte. Anders wäre es ihm lieber gewesen. Eine spirituelle Gemeinschaft der Herzen. Er hatte sie zu wenig erlebt und erfahren, viel zu wenig.

Die Urgesteine des Uhlenkopfes drücken etwas aus, das man nicht in Worte fassen kann. Ihr dunkles Sein ist sehr alt, sehr, sehr alt. Ein wenig können wir die unendlichen Räume der Zeiten spüren, aber nur ein wenig. Unser menschlicher Besuch ist nur kurz. Wenn wir die Steine betrachten oder anfassen, spüren wir die Magie der Erde. Ein wenig können wir daran teilhaben.

5. Die Nornen

„Der buddhistische Weg war ja nicht der richtige gewesen, die sogenannte Gemeinschaft der Praktizierenden," sagte Marianne.

„Nein, das war er nicht. Er war und ist zu rational, zu mental, zu verkopft. Und der ganze Machtapparat ist so diktatorisch wie der Apparat der katholischen Kirche, denen es auch vor allem um den Erhalt ihrer machtvollen Organisation geht und nicht so sehr oder sogar gar nicht um die Seele des einzelnen Menschen," erklärte Helge.

„Das Individuelle wollen sie alle nicht, diese Organisationen."

„Genau. So ist es."

„Dabei ist das Besondere am Menschen doch seine Seele, oder?," meinte Marianne.

„Ja, finde ich auch. Der Geist ist eher allgemein und universell. Betont man den, dann könnte man jedem auch einen Chip in den Kopf installieren, dann denken alle gleich, handeln gleich, fühlen gleich. Dann ist das Zeitalter der Individualität endgültig vorbei."

„Grauenhaft."

„Dann wären wir Automaten, Roboter," betont Helge mit kraftvoller Stimme.

„Die bekannten Religionen haben für mich alle versagt. Sie haben alle keine friedvolle Welt geschaffen. Sie haben falsche Akzente gesetzt, eben auf MACHT statt auf LIEBE, obgleich sie davon ja immer gesprochen haben."

„So ist es. Bei dem Dalai Lama war es mir irgendwann wie Schuppen von den Augen gefallen, dass es ihm auch nur um die MACHT seiner Gelbmützen geht. Von da an war mir sein ganzes lächelndes Freundlichkeitsgetue zuwider."

„Das war eben Show. Es ist oft nur das, Show, und in der modernen Medienwelt erst recht," sagte Marianne. „Das Echte bleibt verborgen, findet auf verborgenen Wegen statt und meidet die Öffentlichkeit."

„Ja. Jesus wäre mir auch lieber gewesen, wenn er sich in die Wüste zurückgezogen hätte. Diese Märtyrergeschichte stößt mich heute ab."

„Er wollte unbedingt ein großes Zeichen setzen. Etwas unbedingt zu wollen ist so falsch wie jeder absolute Standpunkt," erklärte Marianne ihre psychologische Deutung.

„Ich stimme dir zu. Was ist der richtige Weg?"

„Der Weg der Seele."

„Was heißt das?"

„Den individuellen Charakter, das individuelle Sein sich entfalten lassen, so wie es sich entfalten möchte. Keine Muster erfüllen, keine Raster. Eigenständig sein."

„Also keine Vorgaben machen?," fragte Helge.

„Genau. Vorschläge vielleicht. Zeigen, was oder wie man es machen könnte, was einmal in der Vergangenheit von spirituell orientierten Menschen gelebt wurde, welche Erfahrungen sie gemacht haben. Aber dabei immer deutlich sagen, dass es den absolut richtigen und einzigen Weg nicht gibt, nicht geben darf, damit sich jede Seele selbständig entfalten kann." sagte Marianne.

„Das wollen viele nicht hören, dass es den richtigen Weg nicht geben darf," sagte Helge.

„Ich weiß. Es wäre schlimm, weil es die besondere, persönliche und ganz individuelle Seelenentfaltung verhindern würde."

„Dann wären wir eben die Roboter."

„Genau."

*

Wir leben in einer Zeit, in der alles neu entwickelt und gemacht werden muss, dachte Helge. Vieles ist am Ende!

Die Religionen der Macht interessierten ihn nicht, die Machtapparate stießen ihn ab, und alle damit verbundenen Intrigen und hinterhältigen Ränkespiele. Er liebte die Natur, wie sie ist, die wilde, ursprüngliche Natur. Liebe kann man nicht verordnen, auch nicht vermitteln, wenn das Herz nicht vorhanden ist. Das Herz für die Natur ist die Grundlage. Ist es nicht da, lebt man nur im Kopf, nur in der Distanz und nicht im Mitfühlen mit der Kreatur, mit den zarten Pflanzen und sogar mit den alten Steinen.

Wenn kein Herz vorhanden ist, kann man nichts machen, dachte er resigniert. Er hatte das oft erfahren müssen.

Jetzt, wo sie alle immer von *Nachhaltigkeit* reden, wobei das Wort sie schon verrät, sollten sie sich anders orientieren, aber sie schätzen nur ihre künstlich-technologische Welt. Daran wird sich wohl nie etwas ändern. Sie haben kein schönes Wort, weil sie keine schöne Weltanschauung haben, weil in ihrem Weltbild Schönheit keine Rolle spielt, sondern nur die Nützlichkeit.

Den roten Pfad werden sie nie gehen. So nannten ihn die Indianer, den Pfad der Liebe zu Mutter Erde. Aber machen wir uns keine Illusionen, die indigenen Völker waren alles andere als vollkommen, wusste Helge. Sie hatten auch ihre Brutalitäten und Gemeinheiten!

In Karl Mays Träumen mögen sie edle Wilde gewesen sein. Lauter Menschen wie Winnetou mit der Silberbüchse und dem rassigen Mustang. Die Realität sah und sieht anders aus. Helge schimpfte, spuckte aus. Es war so vieles am Ende. So viele Träume waren vorbei. Was hatte er damals in der Jugend von Winnetou geträumt. Als Edler die böse Welt in Ordnung bringen. Alle Bösewichte beseitigen. Wie lange das her ist! Wie viele Jahrzehnte!

Die Bösewichte sind nicht zu beseitigen. Es kommen immer wieder neue. Sie stehen für die dunkle Energie des Universums, gegen die man nichts ausrichten kann. Es ist im Grunde ein dunkles Universum, dachte Helge. Der unendlich große dunkle und kalte Raum des Universums.

Der Traum einer besseren Welt oder der Traum von einem Reich des Himmels ist nur ein Traum. Vor 2000 Jahren und heute immer noch.

17

Das Dunkle herrscht, nicht das Lichte. Ob man sich die Physik anschaut, also die physikalischen Fakten der Welt, oder ob man sich die Geschichte der Menschheit anschaut, die eine Geschichte von Raub, Mord und Gewalt ist, man muss feststellen, dass das Dunkle herrscht. Am Ende ist das alles nur ein Spiel der Energien und sinnlos. Es wird kein Sinn erreicht. Kein Sinn krönt am Ende all die Mühen, all das Leiden, all das Sterben. Wenn die einen gestorben sind, ist ihr Leiden vorbei, aber es kommen immer neue Wesen, die wieder nur leiden und am Ende sterben und verschwinden. Für Helge ist es ein sinnloses Spiel. Es gibt keine Erlösung, höchstens einen Traum von einer Erlösung, aber der ist sinnlos, weil es am Ende keine Erlösung gibt. Sowohl die buddhistische Befreiung als auch die christliche Erlösung am Ende der Geschichte sind nur Träume, Illusionen. Das dunkle Schicksal beherrscht alles, jedes Leben, jedes Individuum.

Wenn man historische Romane liest oder einen Film über eine lange vergangene Zeit sieht, kann man erkennen, wie sehr das dunkle Schicksal die Menschen beherrscht, wie viel Leid und Unglück und Gemeinheiten und Gewalt es in allen denkbaren Spielarten gibt.

Wer hat sich nur so eine Welt ausgedacht?

Welches kranke Gehirn oder kranke Bewusstsein?

Für Helge konnte nur ein krankes Bewusstsein dafür verantwortlich sein.

Welches kranke Bewusstsein hat sich ein Virus, eine Pandemie ausgedacht? Ein gesundes Bewusstsein hätte sich vielleicht eine heilende „Infektion" ausgedacht, ein das Bewusstsein und den Körper heilendes Wesen. Wer es einatmet, wird heil und gesund! Wer es einatmet, wird lieb und freundlich und sein Geist hellt sich auf! Aber wie wir sehen, gibt es das nicht. Sondern das brutale Gegenteil, Leid, Sterben und Tod. Endlose Quälereien überall.

Die gute Welt – warum muss man für sie kämpfen, fragte sich Helge. Warum ist sie nicht einfach da? Warum ist sie nicht einfach vorhanden, schon seit Jahrtausenden, warum?

Die Menschen wollten immer irgendwie etwas erzwingen, dachte Helge. Einen *Deal* mit Gott machen. Ich opfere ein paar Tiere, dafür gibt es dann einen Platz im Himmel oder wenigstens genug Gold.

Mit dem Teufel kann man einen Deal machen. Mit Gott nicht.

Oder wenn ich lange und intensiv bete, dann muss Gott einfach handeln. Aber er handelt nicht. Man kann sich Wirkungen einbilden, aber es kann auch Zufall sein, dass sich das Leben zum Positiven wendet. Die Chancen stehen oft fünfzig zu fünfzig.

Die Buddhisten meinen, dass sie ihren Geist kontrollieren können. Stundenlang, jahrelang sitzen sie auf ihren Kissen und murmeln ihre Beschwörungsformeln, immer in dem Glauben, es würde auf jeden Fall wirken. Und wenn es nicht funktioniert, dann murmeln sie weiter und behaupten, es würde bestimmt wirken, weil sie jetzt ja länger und intensiver murmeln. Noch mehr, noch länger, noch intensiver.

Aber auch der Materialismus ist im Kern nihilistisch. Immer mehr, immer neuere Produkte, immer besser, immer ausgedachter, aber das rettet uns nicht vor der dunklen Energie.

Es gibt keine Rettung und Erlösung, dachte Helge. Es gibt nur das große dunkle Universum mit ein wenig Licht hier und da. Das ist alles. Es gibt keinen Weg, einen richtigen schon gar nicht. Am Ende verschwindet alles im schwarzen Loch.

Die Alten wussten es schon längst.

Die eigentlichen Herrscher sind die Schicksalsgötter, die Moiren, Klotho die Spinnerin, Lachesis die Zuteilerin, Atropos die Unabwendbare, oder die Nornen, Urd, Werdandi und Skuld, oder einfach nur das unbekannte, dunkle Schicksal. Alles ist ihnen unterworfen. Es gibt kein Entrinnen.

Oft hatte Helge über das Schicksal der Vorfahren nachgesonnen, die zwei idiotische und sinnlose Kriege ertragen mussten. Wie viele waren gestorben? Und das am Ende für nichts und wieder nichts, für absolut gar nichts. Was für ein Schicksal!

Das Universum erschien ihm heute oft wie ein Leben gebärendes und Leben verschlingendes Monstrum, für das er keinen Namen hatte.

Ludwig Burger 1882

Paul Thuman, 1892?

Fredrik Sander's 1893 edition of the Poetic Edda

Das Dunkle zeigt sich uns immer wieder, jeden Tag.

Bei Helges Auto leuchtete ein gelbes Lämpchen. Irgendetwas stimmte nicht. Die Ursache waren die Glühkerzen. Sie mussten erneuert werden. Nichts hält lange, nichts soll lange halten. Alles soll und muss schnell wieder kaputt gehen. Das ist das Prinzip, der Natur wie der Wirtschaft.

Als Helge auf die Reparatur seines Autos wartete, lief er durch einige Straßen mit Einfamilienhäusern. Er schaute sich die Vorgärten an. Hauptsache sie haben einen Zaun oder gleich eine Mauer. Hauptsache es ist alles schön zugepflastert. Hauptsache die Büsche sind heruntergeschnitten und die immergrünen Gewächse wie Thuja oder Eiben sind so beschnitten, dass man das tüchtige Werk der Gärtner sieht. Hauptsache der Rasen sieht gleichmäßig aus. Hauptsache es wirkt schön leblos.

Einen Vogel sah er auf seinem Rundgang nicht, keine Amsel, nichts. Wo sollte in solch einer Welt ein Vogel leben? Pah, sagte er zu sich, und da wollen sie die Natur schützen? Welche denn? Wo denn?

Bei der Autofirma ärgerte er sich über die hohe Rechnung für die Glühkerzen. Aber es bringt nichts, wenn man sich ärgert, das Geld kommt, das Geld geht wieder weg. So bleibt alles im Fluss, dachte Helge.

Am liebsten würde er sein Auto abschaffen, aber auf dem Land ist das nicht machbar. Am liebsten würde er alles zu Fuß erledigen. Oder mit dem Fahrrad. Als er vor vielen Jahren noch in der Stadt lebte, konnte er das, aber das Leben in der Stadt war nichts für ihn. Die Städte sind zu groß und zu künstlich. Die Städte sind künstliche Welten. Aber die Hausbesitzer in der Nähe der Autowerkstatt wollten auch nur künstliche Welten haben. Rasenflächen, ein paar Steine, Koniferen, Thuja. Alles wirkte leblos, geistlos. Nur ein Haus entdeckte er, in dem vielleicht ein *Naturmensch* wohnen mochte. Dort war alles bewachsen und magische Dinge standen im Vorgarten! Aber das war die Ausnahme von der Regel.

So zeigt es sich immer wieder, das Dunkle!

6. Magische Symbole und Rituale

Um das Dunkle und Böse abzuwehren braucht man Symbole und Rituale. Symbole sieht man oft, überall werden sie verwendet, aber oft sind damit keine Rituale verbunden. Mit Ritualen und Zeremonien tut sich der westliche „Kopfmensch" schwer. Er will alles mit seinem Verstand schaffen und erreichen. Das funktioniert jedoch nicht.

In der Steinzeit spürte der Mensch die ungeheure Dunkelheit der Nacht und des ganzen Kosmos, wenn er hinauf in den nächtlichen Himmel blickte. Da lag es nahe, Rituale und magische Symbole zu entwickeln, um das Dunkle abzuwehren und die eigenen Kräfte zu stärken. Das Pentagramm ist eines von vielen Symbolen. Vielleicht hatte man es schon in der Steinzeit aus Pfeilspitzen gelegt. Oder aus Speeren.

Das Böse konnte aus allen Richtungen kommen, so musste man die Abwehrkräfte in alle Richtungen lenken können. Eine ungerade Zahl wirkte intensiver als eine gerade. Wie eine erhobene Hand.

Das Pentagramm mag manchen zu stachelig sein, zu spitz sein, vielleicht sogar zu aggressiv. Es ist außerdem ambivalent, denn mit der Spitze nach unten wird es von Anhängern des Bösen und Dunklen verwendet. Somit ist es nicht eindeutig positiv.

Die Christen haben ihr Kreuz. Auch dieses Symbol ist ambivalent. Es gibt weiche, sanfte Kreuze – und es gibt das krasse Gegenteil. Auch solche mit spitzen Stacheln.

Die Buddhisten haben sehr viele, komplexe Symbole. Robert Beer hat ein ganzes dickes Buch darüber verfasst. Dreihundertneunundsiebzig Seiten. Wer kennt das alles? Wer arbeitet mit allem?

Vielleicht gibt es nirgends so viele Symbole, Gottheiten und Zeremonien wie im tibetischen Buddhismus. Vor Jahrzehnten konnte man in Deutschland kaum Dinge kaufen. Heute kann sich im Netz jeder in einem Onlineshop umsehen. Was gibt es nicht allein für Vajras (sprich Vadschras)? Wer nachschauen möchte: www.buddhafiguren.de unter Ritualgegenstände.)

Von allen Symbolen gibt es unendlich viele Variationen und Ausführungen. Im Netz findet der Forschende endlose Auflistungen, kann auswählen, was ihm gefällt, oder nicht.

Es reicht natürlich nicht, ein Symbol aufzukleben, aufzumalen, aufzuhängen. Man muss es im Kopf und vor allem im Herzen haben. Man muss es immer und überall verfügbar haben, so dass man es z.B. jeder Zeit in den Sand malen kann.

Wir müssen Magie spüren, auch wenn wir nicht wissen, was das Symbol bedeutet. Es muss uns tief im Inneren ansprechen, uns stärken, unsere Seele stärken.

Bevor Helge die Bedeutung kannte, wusste er manchmal, dass es sehr magisch war. Er spürte, dass es uralt war. Die ganz alten Symbole reichen weit zurück in die Geschichte, verbinden uns mit den Ahnen. Wenn man sich zu sehr auf einen Begriff fixiert, dann zerstört man die Magie, denn Magie kommt vor den Begriffen des Verstandes, vor den abstrakten Formeln und Erklärungen. Zu kritisches Denken oder reflexartige, emotionale Ablehnung zerstören Magie, und wollen es wohl auch. Womit aber eigentlich auch bewiesen wird, dass es tatsächlich magisch ist.

Bei verschiedenen Sonnenrad-Symbolen reagieren manche sehr ablehnend. Magie und die Beschwörung von starken Kräften soll in der modernen Welt keinen Stellenwert haben. Ein magisches Weltbild ist nicht allgemein anerkannt – und wird es auch nicht.

Letztendlich kommt es auf das einzelne Individuum an und das, was es damit macht. Andere sollten es nicht sehen, sollten es nicht wissen.

Als Helge über den eisigen, windigen Kammweg lief, dachte er, dass die ganze Welt im Grunde doch sehr kalt sei. Ein kaltes Universum. Wie oft ist es in der Vergangenheit der nordischen Völker immer zu kalt gewesen! Wie sehr hat uns das innerlich geprägt? Die Kälte, der Hunger. Immer zu wenig zu essen. Kein Wunder, dass wir so aufs Essen fixiert sind.

Die arme Tierwelt muss ständig hinter dem Essen her rennen. Sogar jagen und töten. Ich möchte kein Fuchs sei, dachte Helge, kein Schakal, die jetzt in Deutschland angekommen sein sollen.

Vor 15.000 und mehr Jahren glaubte man an die Kraft der Magie, dass man mit Symbolen und Ritualen wirklich das Böse, das Dunkle, das Bedrohliche abwehren und besiegen könnte. Heute glauben die meisten Menschen an die Technologien. Aber das Böse ist nicht fort. Überhaupt nicht.

Die Naturwissenschaften haben uns nicht befreit. Jedenfalls bisher nicht.

Vielleicht brauchen wir doch wieder die Magie, magische Gegenstände und Objekte, weil der Mensch kein animal rationale ist, wie Aristoteles meinte, sondern insanus oder demens, wie es bei Schmidt-Salomon heißt, fragte sich Helge. Der Mensch, das dumme Wesen, der Unvernünftige, der lieber irgendwelchen Unsinn glaubt als an die klare, aber nüchterne Vernunft?

Und immer gibt es diese Interessen, schimpfte Helge, immer diese hinterhältigen Geschäftsinteressen, diese Gier nach Geld und Macht. Die ist wie ein schwarzes Loch, in dem alles verschwindet. Die Gier von den gigantischen Weltkonzernen, die Gier der Geldmenschen, die nicht einmal mit einem Haufen von Milliarden zufrieden sind, die niemals zufrieden sein werden, weil sie eben gierig sind, süchtig, unendlich süchtig, völlig von ihrer Sucht beherrscht, total, absolut, und es ist keine Krankheit, die in dieser materialistischen Zeit aufgekommen ist, nein, das Virus ist uralt, es hat Menschen schon früh befallen und sie haben sich von dem dunklen Parasiten im Kopf, im Herzen, in der Seele nicht mehr befreien können und man kann sich fragen, ob sie das jemals noch schaffen.

Ein Buddha konnte leicht reden, ein Jesus konnte leicht seine Gleichnisse erzählen, wie das vom Kamel und dem Nadelöhr, aber die eigentlich Mächtigen werden durch keine Weisheiten und durch keine einfachen Geschichten erreicht.

Vulkane sind eine Tatsache, dachte Helge. Jeder weiß, dass es sie gibt, dass sie ausbrechen können, dass sie das umgebende Land verwüsten können, dass die Auswirkungen ihrer Eruptionen sogar weltweit Schaden anrichten können. Man kann nichts tun. Man kann nur abwarten, bis es zu Ende ist. Es helfen hier keine Magie und keine Rituale. Das ist völlig aussichtslos.

Das ist völlig aussichtslos, sagte Helge zu einem toten Baumstumpf, total aussichtslos!

7. Tiere – Opfer der Zivilisation

Die Zivilisation ist ein Produkt der menschlichen Aktivität. Dabei wurde vor allem an die Interessen des Menschen gedacht, nicht an die Interessen der Tiere, kaum oder gar nicht an die Interessen der Pflanzen.

Jeder, der sich mit dem Netz, der Vernetzung des Lebens auf der Erde befasst hat, weiß, wie sehr alles ineinander greift, alles mit allem verbunden ist, dass niemand alles für sich beanspruchen kann, aber genau das tut der Mensch. Selbst heute noch, am Beginn der Klimakatastrophe, die man immer noch durch ein Wort wie „Wandel" verharmlosen will, die man immer noch mit „Technologien" managen will. Die Konsequenzen für diese Zivilisation, diese Überzivilisation, diese Totalzivilisation will man nicht ziehen, denn das würde radikale Veränderungen erfordern. Viel Reduktion und sehr viel Verzicht.

Geht man neben einer Landstraße, dann wird einem bewusst, wie laut und beherrschend der Verkehr der Maschinen, der Autos ist, und man spürt, das man als Fußgänger aufpassen muss, ständig achtsam sein muss.

Wenn man einen toten Fuchs findet, dann sieht man das Ende. Für den kleinen Fuchs ist alles zu Ende. Würden wir Menschen mehr die Opfer unseres Handelns sehen, würde sich vielleicht etwas bei uns ändern.

Schon oft war Helge neben Landstraßen gegangen, weil er manchmal quer durch den Wald gelaufen war, und dann neben einer Landstraße gehen musste, um zu einem neuen Waldweg zu kommen. Was kann man nicht alles neben einer Landstraße sehen? Das ganze Elend der Zivilisation. Lauter rausgeworfenen Abfall, und eben tote Tiere, den Fuchs, den Marder, den Milan.

Die Kollateralschäden, wie man so sagt.

Die Rothirsche leben hinter einem Zaun, in einem Wildgehege. Sie werden gut versorgt.

Helge stand vor dem Zaun und betrachtete die Rothirsche. Die zwei Männchen, die Weibchen und die jüngeren Rothirsche. Sie haben ihr Sozialsystem, das ich nicht beurteilen will, dachte er. Sie leben in einem Gehege. Dort sind sie geschützt.

Helge fragte sich, ob er außerhalb oder innerhalb eines größeren Geheges lebte. Der Mensch hat alles eingezäunt. Freies Land gibt es nicht mehr, schon lange nicht mehr. Was meinen Politiker, wenn sie von Freiheit reden? Freiheit wovon, Freiheit wozu? Was kann man frei entscheiden und machen?

Wenn alles am Ende scheint, kann dir der Rothirsch eine Botschaft bringen. Schweigend wird er sie mitteilen. Er wird dich anschauen und vielleicht verstehst du ihn.

In schamanischen Kreisen reden sie von „Krafttieren". Dann sagt vielleicht einer, dass der Rothirsch sein Krafttier sei. Vielleicht träumt er nur davon, vielleicht bildet er es sich nur ein, vielleicht weiß er es auch. Ob er einen Rothirsch gesehen hat? Und wo?

Habe ich einen Rothirsch oben in den Wäldern gesehen?, fragte sich Helge.

Hier stehe ich wie die kleinen Kinder am Zaun und schaue mir die Rothirsche an. Besser als Fernsehen ist es allemal. Man ist sich viel näher, vor allem, wenn der große Hirsch direkt neben dem Zaun steht.

Sie wirken nicht intelligent, dachte Helge. Irgendwie wirken sie traurig. Eine Katze wirkt intelligenter und wacher, bewusster.

Aber es sind trotzdem schöne Tiere!

Edel.

Wir Menschen sind nicht edel, dachte Helge. Wir haben zu viele Verbrechen begangen, da können wir nicht edel sein. Wir müssten erst einmal wieder reiner werden, um später dann edel zu sein.

Über das Schicksal der Rothirsche könnte man lange nachdenken. Immer waren sie Fleischlieferanten, nichts als große Fleischlieferanten. Und sie wurden gejagt und gejagt.

Wozu wollten die Leute ein großes Geweih an der Wandhängen haben, wozu, fragte sich Helge. Es war und ist doch keine Kunst, einen Hirsch abzuschießen, aus dem Hinterhalt, von einem Hochsitz aus, immer aus der menschlichen Sicherheit heraus. Es ist doch schon sehr lange kein faires Jagen wie zwischen den Wölfen und den Hirschen.

Wölfe würden sich nie ein Geweih aufhängen. Sie brauchen nur das Fleisch, zum Überleben, für die Jungen, mehr nicht. Sie müssen sich oder anderen nichts beweisen. Und was ist das für ein Beweis?

Das menschliche Verhalten war und ist nicht edel, schimpfte Helge. Es ist widerlich und abstoßend. In den letzten Jahrzehnten ist es sogar noch abstoßender und noch widerlicher geworden. Von den Mastbetrieben bis hin zu teuren Jagden in fernen Ländern für die Reichen!

Wie lange mag es brauchen, bis wir edle Wesen werden, die den Rothirsch achten und würdigen, wie lange?

Werden wir es jemals schaffen? Oder bleiben wir in der Dekadenz stecken für immer?

„Warum ist es nur alles so, wie es ist?,“ fragte Helge.

„Weil der Mensch krank ist,“ sagte Marianne. „Krank im Kopf und krank im Herzen. Ein hoffnungslos krankes Wesen. Es gibt keine Heilung. Er muss einfach aussterben und von der Erde verschwinden.“

8. Es ist aus

Jeder kennt den Moment, wenn es heißt, es ist aus.

Die Ehe, die Beziehung, die Freundschaft, der Kontakt ist aus und vorbei. In heutiger Zeit findet man es normal, dass Beziehungen kommen und wieder gehen. Alles ist zeitlich begrenzt. Viele Menschen scheinen das gut zu finden. Es bringt Abwechslung.

Helge hatte das nie als normal ansehen können. Es war kein Problem, die Gründe zu verstehen, oder die Notwendigkeit, nein, das war kein Problem. Irgendwann trennten sich die gemeinsamen Wege. Jeder ging in eine andere Richtung, in seine Richtung.

Helge stammte aus einer anderen Welt, in der man treu bis in den Tod blieb. Treu zum Land, zur Erde, zur Heimat, zu den Steinen und den Kiefern. Man konnte niemals untreu werden, denn man war für immer verbunden, so wie man durchs Atmen für immer mit der Luft verbunden war. Die Heimaterde ist notwendig für die Wurzeln des Baumes. Das ist das Gesetz der Erde. Der Baum kann nicht mal hier und mal dort wachsen.

Helge wollte, dass es mit den Menschen auch so war. Aber es war nicht so, denn Menschen sind eigensinnig, wollen mal dies, mal das, wollen sich zanken, sich streiten, auf ihr Recht beharren, auf ihren eigenen Weg. Es gibt keinen Stamm, keine Sippe, keine wirkliche Gemeinschaft. Die modernen Menschen kamen zusammen, blieben eine Zeit beieinander, redeten viel, aßen noch mehr, tranken viel, immer tranken sie viel, hatten Sex oder auch nicht, bis es nicht mehr stimmte, bis es nicht mehr gut war, für den Einzelnen. *Das muss für mich stimmen, das muss für mich gut sein, dass muss sich gut anfühlen*, sagen sie. *Das muss mir was geben*, sagen sie.

Helge stammte irgendwie aus einer ganz anderen Zeit. Er wusste das von Anfang an, schon als kleines Kind, als er das Wechselspiel der Menschen erfahren musste, heute so, morgen so.

Er blieb seinen Steinen treu. Seinen Bäumen. Dem Meer und dem Wind.

Mit den Leuten war es immer ein Problem.

33

Wer blieb dem Wald treu?

Sie gingen mal in den Wald, ja, sicher, sie besuchten ihn mal, am Sonntag oder auch an einem anderen Tag, für ein paar Stunden, aber sie blieben ihm nicht treu, denn sie waren mit ihm nicht so verbunden wie mit dem Atem des Lebens. Es war nur ein Wald da draußen hinterm Dorf, oder weiter weg, außerhalb der Stadt, wo man mit dem Auto oder dem Bus oder dem Fahrrad hinfahren musste, mehrere Kilometer. Das machte man nur, wenn die Sonne schien. Wenn die Sonne schien, dann ging man mal in den Wald, für einen Spaziergang.

Sie wollen kein Gesetz der Erde. Sie wollen ihre Menschengesetze, die sie immer wieder ändern können. Weil sie kein Gesetz der Erde wollen, werden sie von der Erde verschwinden. So will es die Erde. Sie sind zu unstet, zu gierig, zu süchtig, zu wechselhaft, die Menschen, so denkt die Erde.

Könnte die Erde sprechen, würde sie von den Allmachtsphantasien des Menschen sprechen, von seiner Gier, seiner Sucht, dem Immer-noch-mehr-haben-wollen, dem Anspruch, die ganze Welt nach nach seinen Vorstellungen umzugestalten, ohne Rücksicht auf das Reich der Pflanzen und das Reich der Tiere. Alles muss dem Menschen dienen, so denken sie, so handeln sie, und die Erde würde es verurteilen.

Corona ist der Anfang der Strafe für die Schuld des Menschen.

Die Natur hat den Menschen längst verworfen, dachte Helge. Für die Erde ist die Geschichte längst aus. Das Schicksal nimmt seinen Lauf. Man kann nichts mehr daran ändern.

Der Naturmensch wird wie Helge seinen Weg zur Erde gehen und leben, seine kleinen Rituale weiter machen. BERKANA – die Rune für Mutter Erde. Skeptiker werden nichts davon halten, in der Natur einen Runenstein zu hinterlassen. Aber Helge interessierten die Skeptiker nicht. Sie haben außer ihrer Ablehnung oft nichts, nichts Positives, nichts Magisches, einfach nichts.

Man muss an MUTTER ERDE glauben. Dann geht alles immer weiter, wandelt sich, erneuert sich.

Manche Menschen träumen von humanoiden Robotern. Von perfekteren Menschen also, von digital konstruierten und voll programmierten Wesen, die keine Fehler machen, und wenn, dann lernen sie sofort und ändern sich sofort.

Schön, denken manche, aber wo bleibt die Menschlichkeit?

Was ist das, die Menschlichkeit?

Fehler machen, immer wieder die gleichen Fehler machen, endlose Wiederholungen der gleichen Fehler. Immer die Gier, immer die Aggression, immer die Sucht haben und leben zu wollen, die Sucht nach Genuss, nach Macht, nach Bequemlichkeit, nach neuen Genüssen, nach Verbesserungen? Oder ist es das Gedanken-Chaos in den Köpfen, ist das das Besondere, das Wertvolle?

Manche werben für das menschliche Miteinander, für ein großes WIR, das alle integriert, die Geistesschwachen, die Unfähigen, die Behinderten, aber nicht die Unwilligen und schon gar nicht die Neo-Nazis, die müssen einfach weg. Wohin nur? Den Russen fiel da immer nur Sibirien ein.

Selbst, wenn man in den Evangelien liest, dann findet man Stellen, in denen Menschen von Jesus rabiat abgelehnt und ausgegrenzt werden. Er hatte nicht Verständnis und Liebe für alle. War voller Hass auf die Heuchler, die er in die Hölle wünschte.

Vielleicht sind die humanoiden Roboter unsere Lösung, unsere Erlösung. Vielleicht sind wir schon lange eine Spezies, die sich in einer heillosen Chaotik verrannt hat, keinen klaren Weg mehr kennt oder verfolgen kann oder will.

Für Nietzsche war der Mensch nur ein Übergang. Ein Übergang zu einem höheren Menschen, den er den „Übermenschen“ nannte. Ein besserer Begriff fiel ihm nicht ein. Es steckt noch zu viel vom Menschen darin, würde ich sagen, zu viel Unvollkommenes, zu viel Chaotisches. Eine höhere Spezies müsste genau das überwunden haben, die emotionale Chaotik und die mangelhaft logisch-stringente Intelligenz.

In Huxleys Roman „Brave New World“ plädiert am Ende der Wilde für eine wild-emotionale Welt, für die starken Gefühle wie Liebe und Hass, für die ganze Palette der Emotionen, nicht nur für die schönen und angenehmen. Sein Gewährsmann ist William Shakespeare. Dann besteht das Leben aus lauter Dramen, komischen und tragischen, wilden und ruhigen. Man muss nicht mehr Shakespeare lesen, Man kann sich schnell durchs Fernsehprogramm zappen, und sieht es sofort: anything goes. Alles ist möglich, alles wird gelebt und ausagiert. Ein chaotischer Strudel von Handlungen aller Art. Eine wilde Orgie der Existenz.

Schaut sich das der sogenannte „Gott" der Christen an? Schaut er zu? Hat er Lust, mitzuspielen oder einzugreifen?

Und jetzt geben wir mal ein wenig Omikron in den „Hexenkessel" und schauen, was nun passiert.

Kollabieren oder explodieren, vielleicht ist das die Frage.

Als Helge wieder durch den eisigen Hochwald ging, wurden seine Füße sehr kalt. Er hatte die falschen Schuhe für das Wetter an. Es lag nicht viel Schnee. Eigentlich war es auch nicht sehr kalt.

Als er an einer Lichtung, einem kahlen Streifen, stand und über das Gras, das Schilf und die Brombeeren blickte, holte ihn wieder das Trauma ein. Immer wieder geschah das.

Vor genau 80 Jahren musste sein Vater den Winter in Russland südlich von Moskau ertragen. Bei vierzig Grad Minus ohne angemessene Winterkleidung. Das ganze Unternehmen war ein einziger Wahnsinn und von Anfang an zum Scheitern verurteilt gewesen. Die Deutschen und ihr Irrsinn, ihre irrwitzigen Pläne, die keine richtigen Pläne sind, nie waren, weil bestimmte Faktoren nicht beachtet wurden. Damals nicht, heute nicht. Damals dachte keiner richtig über die Entfernungen in Russland nach. Die Deutschen und ihr kleines Ländle. Und über den russischen Winter, darüber hatte auch keiner nachgedacht.

Was musste sein Vater damals geflucht oder geschimpft haben, und seine Kameraden ebenso. Dass er überhaupt überlebt hatte! Dass er einen Sohn gezeugt hatte! Einen für immer traumatisierten.

Wäre man ein humanoider Roboter, dachte Helge, dann könnte man Programme schnell löschen.

Die elektronische Evolution läuft längst. Sie wird sich nicht aufhalten lassen. Am Ende ist sie ein neuer Weg der Natur. Vielleicht ist es der Weg, den kranken Menschen zu überwinden, und wir haben es nur noch

nicht gemerkt oder richtig verstanden und meinen noch, mit der sogenannten „Menschlichkeit" eine Chance zu haben, oder einer Evolution
der Sensibilität.

Feinfühligkeit ist schön, keine Frage, sie ist lieb und poetisch und
verträumt wie die zarten Elfenwesen, aber die Natur, die große, universelle Natur, diese kosmische Natur, die mit Vulkanen, Plattentektonik
und Meteoriteneinschlägen Welt gestaltet, ist nicht so zart und empfind-
sam wie die Blumen auf den Schotterbänken der wilden Alpenflüsse.

Vielleicht muss es so sein, dass nach einer biologischen Evolution
eine elektronische folgt, mit Wesen, die länger existieren können und
viel effektiver sind als die triebgesteuerten und höchst vergänglichen
Wesen aus Fleisch und Blut.

Wir können uns dagegen nicht wehren, dachte Helge. Die Natur
macht, was sie will. Sie hat ihr eigenes Programm. Außerdem sind wir
längst absolut abhängig von elektronischen Systemen, bilden uns zwar
noch ein, wir könnten sie abschalten, aber das ist de facto nicht mehr
möglich, Energieversorgung, Wasserversorgung, Lebensmittelversor-
gung etc., nichts, gar nichts würde mehr funktionieren. Nein, wir können nichts mehr ausschalten!

Wie Juri im Film Dr. Schiwago sind wir von äußeren Verhältnissen
abhängig. Wir können sie am Ende nur ertragen, dachte Helge. Der individuelle Handlungsspielraum ist sehr begrenzt. In Europa tut man seit
Jahrzehnten so, als hätte man die ganz große Freiheit und Selbstbestim-
mung. Im Film sind es Krieg und Revolution, die den Menschen das Leben schwer machen oder zerstören. Heutzutage ist es ein Virus. Es wird
die Überzivilisation ausbremsen und zu Fall bringen.

Der Film zeigt die unerbittliche Macht des Schicksals. Die menschlichen Wünsche vermögen nicht viel oder gar nichts gegen diese Über-
macht. Wenn politische Machtmenschen diktatorisch und willkürlich
herrschen, dann erkennt fast jeder sofort die Brutalität. Wenn man Fas-
saden aufgebaut hat, mit viel Konsum und viel Musik, dann muss man
genauer hinsehen.

Die digitale Revolution, von der viele schwärmen, als würde sie Erlösung und Heil bringen, war für Helge eine elektronische Lawine, die das
natürliche Leben in und mit der Natur endgültig ausradieren sollte. Für

ihn war es eine unheilvolle Revolution, die den Menschen zum bloßen Mitarbeiter in einer gigantischen Maschine degradierte. Die Leute, die bei Amazon arbeiten, sind nur moderne Sklaven in einer gigantischen Logistikmaschine, die den Takt bestimmt.

Für Helge war die Zeit des freien Menschen vorbei.

Im Grunde ist sie schon länger vorbei. Schon als die ersten großen Herrscher auftauchten, die sich absolute, totale Macht über alles anmaßten. Man macht sich das gar nicht so bewusst, wie sehr sie schon lange vor Christi Geburt der totalen Macht huldigten.

Das Erscheinen von Jesus brachte keine Wende. Im Gegenteil, die römische Staatskirche verwendete ihn für ihr Machtsystem, seit Kaiser Konstantin das sogenannte „Christentum" zur Staatsreligion erklärte, mit brutalen Folgen für alle, die anders dachten und andere Götter verehrten. Sie missbrauchten Jesus für ihr Manipulationssystem. Und das bis heute.

Viele denken ja, es seien die menschlichen Herrscher oder eine bestimmte Machtelite, die das Leben bestimmen.

Aber eigentlich sind es die physikalischen Kräfte. Im magischen Weltbild vor zig Jahrtausenden sprach man von „Geistern", weil man es sich nicht wissenschaftlich erklären konnte. Heute spricht keiner mehr von „Geistern", dabei ist das magische Weltbild nicht so anders, wie man oberflächlich denken könnte. So wie es Kräfte gibt, die für Stabilität und Harmonie sorgen, so gibt es auch Kräfte, die für Chaos und Zerstörung sorgen. Beides war und ist immer vorhanden.

In heutiger Zeit haben wir physikalische Erklärungen. Wir wissen von Meteoriteneinschlägen, von Vulkanausbrüchen, von gigantischen Wasserwellen, die sich über die Ozeane ausbreiten. Wir brauchen keinen „zornigen Gott", um uns diese Phänomene zu erklären. wir brauchen keinen Gott mehr, der Plagen schickt, weil unser Lebenswandel falsch oder unmoralisch ist. Es ist keine Überperson, die von irgendwoher agiert, sondern es sind die physikalischen Kräfte der Erde und des Kosmos, die unser Leben bestimmen.

Die Nordsee und „Doggerland" wurden am Ende der Steinzeit vom ansteigenden Meeresspiegel und von einem Tsunami überflutet und zerstört. Die Geister sind die physikalischen Kräfte, für die man keinen exakten Begriff hatte, damals, vor Jahrtausenden. Sodom und Gomorra wurden durch einen in der Luft explodierenden Meteoriten zerstört, nicht durch einen wütenden Gott, der die Menschen bestrafen wollte. Erklärungen von strafenden Vätern oder Müttern sind Konzepte aus dem Sozialleben. Sie erklären nicht die Physik.

Die Übernutzung der Erde, die damit verbundene Überbevölkerung und Überzivilisation ist ein gigantischer physikalischer Prozess, der seine Folgen hat, vielfältiger Art. Man muss den ganzen Prozess sehen, den ganzen Prozess verstehen, dachte Helge.

Vielleicht kann ein einzelnes Menschenbewusstsein das nicht mehr, vielleicht sind es zu viele Faktoren, vielleicht können es bereits nur noch Rechenmaschinen.

Durch ein Erdbeben an einer Stelle der Erde können gigantische Wellen entstehen, die sich über die ganze Erde ausbreiten. Je größer das Erdbeben, desto weiter entfernt kann man die Auswirkungen spüren. Vulkanausbrüche und gigantische Staubwolken hatten in der Geschichte Auswirkungen auf die ganze Erde. Mit einem Virus ist es nicht anders. Es kann sich wunderbar ausbreiten in einer gestörten Atmosphäre, in einer vielfältig gestörten Luftschicht.

Wie konnte man auch meinen, es würde nichts machen, gigantische Mengen an Öl und Holz zu verbrennen und es hätte keine Auswirkungen. Was für ein Irrglaube! Acht Milliarden Menschen sind eine Bevölkerungsseuche, schimpfte Helge. Eine widerliche Bevölkerungsseuche! Nur ist es die Natur, die Massenvermehrungen produziert, die dann irgendwann wieder in sich zusammen brechen.

Manchmal erinnerte sich Helge an die Luft vor 50 und mehr Jahren. Sie war anders, sie war stärker, Körper und Geist kräftigender. Es war noch Luft, heute ist es eher ein chaotisches Gasgemisch, dass er einatmen musste, zwangsläufig, weil er die Luft nicht einfach anhalten konnte. Die Luft kann sich nur reinigen, wenn das Gift und die Gase verschwinden. Zu viele Menschen, zu viele Kühe, Ziegen und Schweine. Eine Vermehrungsspirale, die alles immer noch schlimmer macht. Die Folgen der Physik.

Es ist alles ein globales, physikalisches Experiment, dachte Helge.

9. Schwarze Löcher

Der Kosmos, er stand einmal für Ordnung, für eine absolute, göttliche Ordnung.

Wenn man heute Filme über das Universum sieht, dann ist oft von den schwarzen Löchern die Rede, in denen alles verschwindet, sogar das Licht. Diese Vorstellung ist vielen unheimlich. Immer noch gilt das Licht als etwas Absolutes, als Metapher für Gott oder das Göttliche. Das kann nicht verschwinden, das soll nicht verschwinden. So meint man. So will man es.

Die große, unendliche Dunkelheit ist unheimlich.

Lange wurde das geozentrische Weltbild von der Kirche verteidigt, mit allen Mitteln. Einer gewalttätigen Inquisition, Verbot von Büchern, Ermordung von Andersdenkenden.

Die Kirche war von Anfang an nichts weiter als ein Machtapparat. Alles sollte dem Machtapparat dienen. Bis heute ist für sie die Wissenschaft zweitrangig. Aber heute ist nicht mehr die Kirche das Problem, sondern dass die Menschen an falschen Vorstellungen gerne festhalten und sich neuen Konzepten nicht öffnen wollen. So glauben sie gerne immer noch an das grenzenlose Wachstum und die Allmacht des Menschen, der die sogenannte „Krone der Schöpfung" sein soll, obgleich er das nun definitiv nicht ist, eher ist er der Untergang der Schöpfung, so wie er sich auf dem blauen Planeten verhält.

Die „Krone der Schöpfung" wird im schwarzen Loch verschwinden. Nichts wird von ihr bleiben. Die Vorstellung ist so lächerlich wie die vielen Mützen, die sich die Menschen ausgedacht haben, um ihre angebliche Wichtigkeit auszudrücken.

Ein wohl geordnetes und sich niemals änderndes Universum wäre ein totes Gebilde. Es könnte gar nicht kreativ sein, es könnte sich gar nicht entwickeln. Aber genau das ist der Geist des Weltalls, die Kreativität, die Entwicklung. Dynamische Prozesse bestimmen das Sein.

In allem einen göttlichen Geist zu sehen, das nannte man einmal Pantheismus. Ein Kampfbegriff wie Okkultismus. Keiner durfte und sollte pantheistisch sein. Das war verboten. Das ist verboten, selbst heute, denn in diesen Zeiten kann man keine beseelte Welt gebrauchen, weil man die Natur gnadenlos und rücksichtslos ausbeuten will. Das will man nicht aufgeben. Alles Gerede von Nachhaltigkeit ist nur das, Gerede.

Giordano Bruno wurde am 17. Februar 1600 auf einem Scheiterhaufen in Rom verbrannt. Heute behauptet die Kirche, es wäre „Unrecht" gewesen. Wieder einmal heuchelt sie herum, denn im Grunde hält sie immer noch an ihrem falschen Weltbild fest. Ihrem anthropozentrischen, ihrem christo-zentrischen Weltbild. Sie kann und will nicht wie Giordano Bruno von einem unendlichen Universum ausgehen, in welchem es viele Planeten gibt, mit anderen, ganz anderen Entwicklungen des Lebens. Der Pantheismus ist für sie nach wie vor ein Denken und Fühlen, das sie radikal ablehnt und eigentlich immer noch ausrotten möchte.

Ihr Gott soll überall herrschen, wie ein autokratischer Herrscher. Allmächtig für alle Zeiten. Was für eine totalitäre Weltanschauung! Sie singen Hallejula, aber im Grunde meinen sie das, was die Muslime immer in ihrem aufgepeitschtem Fanatismus schreien.

Die materialistische Gesellschaft hält an ihrem Weltbild fest, das auch falsch ist, weil es nur den Menschen und seine unersättlichen Ansprüche ins Zentrum stellt. Wenn der Mensch im schwarzen Loch des Untergangs verschwinden sollte, dann geschieht es ihm nur recht, denn wer das Gewebe des Lebens nicht nur stört, sondern sogar zerstört, der kann, der muss verschwinden.

Das ist das Gesetz der Physik.

Die falschen Lebensmodelle sind wie schwarze Löcher, dachte Helge. Sie ziehen alles und am Ende sich selbst in den Abgrund. Ob es eine Sehnsucht nach einem totalen, endgültigen Untergang ist, fragte sich Helge. Gibt es diese Vernichtungssehnsucht, diese Auslöschungssehnsucht?

Kreativität und Zerstörung. Die Inder haben einen Gott, der beides in sich vereint: Shiva. Sie drücken damit die Ur-Polarität des Universums aus. Shiva ist eher ein Konzept der Natur als das Modell eines autokratischen Herrschers, eines allmächtigen Pharaos, an dem sich der Westen immer noch orientiert.

Der Westen und sein Pharaokomplex, dachte Helge. Nicht besser als die Chinesen und ihr Himmelskaiser im gelben Kleid.

Shiva ist wie die Natur extrem gegensätzlich, wie Feuer und Eis. Beides ist untrennbar miteinander verbunden. Im Weltall ist es unglaublich heiß, wir können es uns nicht vorstellen, und unglaublich kalt, was wir uns auch nicht wirklich vorstellen können. Wir müssen uns auch nichts vorstellen, wir müssen nichts beweisen, denn letztendlich werden wir immer nur von unseren Erfahrungen ausgehen müssen, unseren Lebens- und Daseinserfahrungen. Die Schönheiten und die Hässlichkeiten wechseln einander ab. Was heute noch noch üppig blüht, ist morgen verwelkt und schwarz vom Frost geworden.

Bei einem Spaziergang im Wald entdeckte Helge schwarze, dunkle Löcher. Es sind einfache Wasserlöcher, Vertiefungen, produziert von den großen Waldmaschinen, den *Harvestern*, in denen sich nun Wasser sammelt, schwarzes, dunkles Wasser. Metaphern der Zerstörung.

Trifft man mitten auf dem Weg auf so ein großes, dunkles Loch, muss man ausweichen, denn man will in dem Modder aus Erde und Wasser nicht versacken und sich nasse Schuhe holen. *Modderloch*, vielleicht genau das richtige Wort dafür. *Modderloch*.

Schwarzes Loch im Okertal

ein Schwarzes Loch

im Okertal findest du
den dunklen Schlangenfluss

schnell fließt es dahin im Winter
das schwarze kalte Wasser

du findest die uralte Landschaft
der Kiefern und leuchtenden Birken

die ausgebaggerten Kies-Seen
Kies brauchten sie, sehr viel Kies

für ihre Welt aus Beton und Stahl
und die endlosen Trassen

hier und da findest du sie
die dunklen runden Augen

die schwarzen Löcher
mooriges stehendes Wasserlöcher

Tod oder neues Leben
das ist die Frage

10. Der Löwenmensch

Helge hatte einen Film über den „Löwenmenschen" gesehen. Dabei handelt es sich um eine Figur aus Elfenbein, die 35.000 Jahre oder älter sein soll. Sie wurde in einer Höhle in der Schwäbischen Alb gefunden. Man hat sie aufwendig rekonstruiert und die einzelnen Teile, die man gefunden hatte, wieder zusammen gefügt.

Nun schwärmt man von ihr. Die Moderatorin des Films war ganz begeistert. Für sie zeigte die Figur eine schamanische Tradition, weil sie ein Mischwesen darstellte, Mensch und Tier, Mensch und Löwe.

Damit haben sie sich gerne identifiziert, dachte Helge, mit großen und starken Raubtieren. In einer Kultur der Jäger brauchte man das. Man wollte und musste die Kraft beschwören, die man selbst nicht hatte.

Der Mensch nach der Eiszeit war auf die Jagd angewiesen. Anders konnte er nicht überleben. Die Jagd war kein Freizeitspaß, wie heute, sondern existentielle Notwendigkeit. Da der Mensch keine großen Zähne und keine Krallen hatte wie der Löwe oder andere „Raubtiere", beschwor er die Kraft dieser Tiere.

Das Reich der Tiere wurde mehr und mehr unterworfen. Viele Tiere wurden und werden ausgerottet. Nützliche Tiere wurden eingesperrt und für den Schlachthof gefüttert. Der allgemeine Rassismus des Menschen ist ungeheuerlich, aber die meisten machen sich keine Gedanken darüber. Man kauft bequem in den Supermärkten ein, man muss kein Tier schlachten, man muss kein Blut sehen, man muss keinen Todesschrei hören oder das letzte Zucken eines Tieres erleben. Das wird alles sauber und ordentlich in großen Fabriken durchgeführt.

Man kann den sogenannten Löwenmenschen als Kunstwerk schätzen. Aber es handelt sich nicht um eine Kunst für die Kunst, sondern um ein magisches Werkzeug, um die eigenen Kräfte zu stärken, um zu einem Löwen zu werden.

Schon lange ist diese Tradition verloren gegangen. Man kann sie nicht reaktivieren, denn wir leben nicht in einer Kultur der Jäger und Sammler. Wir leben in einer Kultur der logistischen Vollversorgung. Wir

45

müssen auch nicht zu einem Löwen werden, um einen Partner zu gewinnen. Obgleich, wer weiß, was die Menschenweibchen alles von ihren Partnern so erwarten, heimlich, unbewusst. Das interessierte Helge aber nicht.

Ihn beschäftigte vielmehr die Frage, woran sich der Mensch orientieren kann oder sollte?

Ist es eine Perspektive zu einem Cyborg zu werden? Zu einem Mischwesen von Mensch und Maschine, Mensch und Rechenmaschine?

Da der Mensch nicht vollständig oder nicht richtig vollendet ist, sozusagen eine unvollkommene Tierart, wird er sich an etwas orientieren müssen. Nur woran?

Helge betrachtete eine Figur des Waldgottes HERNE. Ein großer, starker und stattlicher Mann. In einer Hand trägt er einen Bogen, in der linken Hand ein Horn von einer Kuh. Auf seiner linken Seite begleitet ihn ein Wolf, auf der rechten Seite ruht ein Reh. Und, das Besondere schlechthin, er trägt ein Hirschgeweih auf dem Kopf.

Der große, starke Mann scheint historisch überholt zu sein. Was für Männer will man in Zukunft haben? Krieger werden es wohl keine mehr sein.

Und einen Gott des Waldes, will man den?

Die Förster und ihre primitiven Holzfäller werden darüber nicht einmal lachen. Sie werden ihr schändliches Tun im Wald weiter fortführen. Schändlich deshalb, weil sie nur daran denken, Holz zu schlagen, Baumstämme zu verkaufen, je mehr, desto besser. Der Wald hat für sie keinen Wert für sich, ist für sie kein Ort heiliger Schönheit, die sie erhalten wollen. Man sieht ihr brutales Verhalten, wenn man durch die Wälder geht.

Ein Gott des Waldes müsste sich um den ganzen Wald kümmern. Um alle Bäume gleichermaßen, und vor allem um das vielfältige Leben der kleinen Wesen im Boden des Waldes, ob Mäuse oder Moose. Für einen ökologischen Wald ist alles wichtig.

Die Douglasien

die hohen Douglasien im Elm
sie zählen die Jahre nicht

die Winter und Sommer
sie kommen und gehen

im endlosen Wechsel
hundert und mehr Jahre

stehen sie tiefgegründet
ihr Haupt hoch im Himmel

auch die verwitterten Gedenksteine
für den Förster Eduard von Schütz

stehen schon über hundert Jahre
im Wald neben dem Weg

sei gelassen wie wir
raunen die Bäume im Winde

Helge war zu einer abseitigen Anhöhe am Rande des Gebirges hinaufgestiegen, wo es keine Wege mehr gab, nur Birken, Fichten, Buchen und Steine, sehr viele Steine. Hierher kam fast niemand. Helge liebte diese Orte, an denen er das Gefühl hatte, dass sie von nahezu niemanden besucht wurden, jedenfalls nicht von normalen Spaziergängern.

„Es gibt keine Götter, " sagte der Wald.

„Keine Götter?"

„Nein. Wir brauchen das nicht. Wir sind ein lebendes Gewebe. Das genügt," sagte der Wald.

„Also sind es nur unsere Vorstellungen?"

„Ja. Sei einfach ein Mensch. Die Zeit der Kriegermenschen ist vorbei. Es braucht keine Löwenmenschen, keine Hirschmenschen, keine Wolfsmenschen, oder was immer in euren Köpfen entstanden sein mag. Das ist alles nicht mehr notwendig, das ist alles vorbei. Für immer."

„Endgültig?"

„Ja, endgültig. Das Gewebe des Waldes ist das, was wirklich zählt. Jedes Detail, jedes Lebewesen, jede Pflanze, sogar die toten, abgebrochenen Äste, die toten Baumstümpfe."

„So einfach ist das?"

„Ja, so einfach," wiederholte der Wald.

Helge entdeckte eine Waldlichtung, die fast rund war. Einige Steine lagen auf dem Gras herum. Früher hätte er gedacht, dass man an dieser Stelle sehr gut einen Steinkreis errichten könnte, aber heute hielt er das nicht mehr für gut und richtig. Die Harmonie in der Welt muss anders zurück kommen. Sie kommt nicht durch menschliches Handeln zustande, sondern eher durch menschliches Nichthandeln. Tue nichts, lass es so, lass es in Ruhe!

„Ihr müsst mich endlich in Ruhe lassen, " sagte der Wald.

„Ja."

„Dies ist mein Reich, nicht euer. Hier bestimmen wir, die Bäume, die

Tiere, alles das, was hier lebt, bestimmt die Gestaltung des Ortes, des Waldes."

„Ja," sagte Helge.

Er konnte dem Wald nur zustimmen. Natürlich war der Wald keine Person, Helge stellt sich auch keine vor. Das große Gewebe aus Steinen, der Erde, den Bäumen, den Moosen, den Fichten, den Birken, den Tieren wie den Wildschweinen oder dem Rotwild, sie gestalten die Welt des Waldes.

Kürzlich war Helge wieder das schändliche Tun der Menschen in einem großen Buchenwald aufgefallen. Allein wie sie die „unbrauchbaren" Reste ihrer Baumfällungen entsorgen, das zeigt alles, dachte er. Rücksichtslose Raubtiere sind sie, sonst gar nichts, schimpfte er. Allein diese Tatsache, und es ist eine Tatsache, verbietet es, sich noch „Löwenmensch" zu nennen oder sich mit einem Jaguar oder Tiger zu identifizieren und zu behaupten, es wäre das eigene „Krafttier".

Der Mensch braucht eine ganz neue Orientierung, wenn er denn noch auf der Erde eine sinnvolle Rolle spielen will. Der Roboter oder der Cyborg ist keine sinnvolle Rolle, dachte er, weil sie im Gegensatz oder sogar in Ablehnung der ursprünglichen Natur der Erde steht. Die Rolle des „Hüters der Erde" wäre eine sinnvolle Rolle. „Keeper of the land", so nannte es mal ein Native in einem Film über die Sioux, „not the owner of the land". Der Mensch verhält sich jedoch wie ein allmächtiger Besitzer, der machen kann, was er will, weil er ja der Besitzer ist. Diese Haltung vertreten nahezu alle.

11. Der unedle Mensch

Für Helge war der Mensch schon lange kein „Ebenbild Gottes", wie es in dem dicken, alten Buch heißt. Diese Selbstaufwertung lehnte er ab. Eher war der Mensch für ihn ein „Menschenschwein", eine widerliche, abstoßende Mischkreatur. Kein Löwenmensch. Jedenfalls nichts Edles, schon gar nichts Reines, schon gar nichts Eindeutiges und Vollendetes.

Ein Freund schrieb ihm in einer Mail etwas von dem Tod Dietrich Bonhoeffers. Er hatte bei Wikipedia zwei unterschiedliche Beschreibungen gefunden, die kaum unterschiedlicher sein konnten.

Immer wieder stieß Helge bei seinen Studien auf Menschen, denen Ungeheuerliches, nicht zu Fassendes, nicht zu Begreifendes widerfahren war. Man kann von einem „himmelschreienden Unrecht" sprechen, aber was sagt das schon aus? Helge spürte in seiner Seele den Schmerz eines scharfen Messers. Er spürte in seinem innersten Kern den katastrophalen Riss der Welt, den Riss der Spaltung, den Riss des Todes, den Riss der Ur-Sünde, die aus der Welt eine *Hölle* gemacht hatte, mehr oder weniger, und oft viel mehr, als einem lieb sein konnte, als man ertragen konnte, als man verkraften konnte.

Nach der Mail seines Freundes musste er zwangsläufig über die „Strangulierungsfolter" nachsinnen. Wie unglaublich brutal musste das gewesen sein! Aber schon die Kreuze der Römer waren brutale Folterungsmethoden. Oder schauen wir uns die Inquisition mit ihren Folterungen an unschuldigen, vermeintlichen Hexen an, oder die vielen Scheiterhaufen in Europa, auf denen Geistesmenschen wie Bruno oder Marguerite Porete verbrannt wurden, weil sie freie, autonome Denker waren, zur Abschreckung und auch als gruselige Veranstaltung für das gemeine Volk.

Dietrich Bonhoeffer wurde in der Morgendämmerung des 9. April 1945 zum Tod durch Hängen geführt. Die zur Hinrichtung Bestimmten mussten sich völlig entkleiden und nackt zum Galgen gehen. Der SS-Lagerarzt Hermann Fischer-Hüllstrung berichtete darüber 1955 schriftlich:

> „Durch die halbgeöffnete Tür eines Zimmers im
> Barackenbau sah ich vor der Ablegung der
> Häftlingskleidung Pastor Bonhoeffer in innigem
> Gebet mit seinem Herrgott knieen. Die
> hingebungsvolle und erhörungsgewisse Art des
> Gebetes dieses außerordentlich sympathischen
> Mannes hat mich auf das Tiefste erschüttert.
> Auch an der Richtstätte selbst verrichtete er
> noch ein kurzes Gebet und bestieg dann mutig
> und gefaßt die Treppe zum Galgen. Der Tod
> erfolgte nach wenigen Sekunden. Ich habe in
> meiner fast 50jährigen ärztlichen Tätigkeit
> kaum je einen Mann so gottergeben sterben
> sehen.“[25]

An dieser Darstellung gibt es erhebliche Zweifel: Solche entstehen zum einen im Blick auf die Person des Berichterstatters, der in Wirklichkeit die Aufgabe hatte, die bis zur Ohnmacht Strangulierten wiederzubeleben, um ihren Todeskampf zu verlängern, und der überdies mit der zehn Jahre später erfolgten legendarischen Stilisierung wahrscheinlich vor allem ein positives Licht auf sich selbst werfen wollte. Zum andern bestehen diese im Blick auf die belegten Umstände wie die sechsstündige Dauer des gesamten Hinrichtungsvorgangs und die Beschaffenheit des Galgens in Flossenbürg, der keine „Treppe“ hatte.[26] (Wikipedia)

Für die Quellen finden sich folgende Angaben:

- H. Fischer-Hüllstrung: *Bericht aus Flossenbürg.* Zitiert in: Wolf-Dieter Zimmermann: *Begegnungen mit Dietrich Bonhoeffer.* Christian-Kaiser-Verlag, München 1964, S. 192.
- Ferdinand Schlingensiepen: *Dietrich Bonhoeffer 1906–1945. Eine Biographie.* C. H. Beck, München 2005.

Helges Freund stellte die Frage, was denn nun die Wahrheit sei, die er selbst nicht beantworten könne. Helge konnte sie auch nicht beantworten. Ein Held, ein Märtyrer der Geschichte sollte wohl „gefasst" und „gottergeben" sterben. Jedenfalls edel. Nicht erbärmlich am Ende einer abstoßenden, brutalen, unmenschlichen Prozedur.

Leider weiß man aus der Geschichte, dass es solche Prozeduren in vielen Variationen gegeben hat. Mit Feinden eines Systems ging man immer äußerst brutal und gemein um. Man wollte sie leiden lassen, möglichst lange. Ob man sich am Ende des Krieges bei Bonhoeffer die Zeit dafür genommen hatte? Wollte man ihn nicht vielmehr schnell loswerden?

Helge ging es um das erbärmliche Niveau des Menschen! Die Tatsache, dass es überhaupt all die Folterungen und Hinrichtungen gegeben hatte, ist für ihn ein Beleg für das inhumane Niveau des Menschen. Für ihn war und ist der Mensch oft nur eine Bestie. Ein Menschenschwein, wobei der Ausdruck eher eine Beleidigung für das Schwein ist, denn Schweine verhalten sich bekanntlich nicht in dieser Weise gegenüber ihren Artgenossen.

Nein, es ist der Mensch, der gegenüber Artgenossen abscheuliches Verhalten verübt hatte und hat, denn dieses Verhalten gibt es immer noch auf der Erde.

Helge musste noch länger um die brutale Methode nachdenken. Was sind das für Leute, die so etwas befehlen? Was sind das für Leute, die das durchführen? Und was hatte Bonhoeffer gedacht und gefühlt, als er das ertragen musste – sofern es so gewesen war?

In dem Drama „Die Verfolgung und Ermordung Jean Paul Marats" beschreibt Peter Weiss die Hinrichtung Damiens, Szene 12 (Suhrkamp BasisBibliothek S. 33ff) . Eine brutale Prozedur, die vier Stunden gedauert haben soll, und an der sich das Volk „ergötzte", wie es im Text heißt.

Brust Arme und Schenkel wurden ihm aufgeschlitzt
geschmolzenes Blei wurde in die Wunden gegossen
überschüttet wurde er mit siedendem Öl und brennendem Pech
Wachs und Schwefel

die Hand sengte man ihm mit dem Feuer ab
Taue befestigte man an seinen Gelenken
vier Pferde spannte man dran und trieb diese an
eine Stunde zerrten sie ungewohnt dieser Aufgabe
ohne ihn zu zerreißen
bis man ihm die Schultern ansägte und die Hüften
so verlor er den einen Arm und dann den zweiten
und er sah zu was man mit ihm trieb und er wandte sich an uns
und machte sich verständlich mit seiner Stimme
und als sie ihm das erste Bein ausrissen und dann das zweite
lebte er immer noch doch seine Stimme war schwächer geworden
und schließlich hing er als blutiger Stumpf mit
wackelndem Kopf
und er stöhnte nur noch und starrte das Kruzifix an
das der Beichtvater ihm vorhielt

Am Anfang der Szene sagt Sade, dass er die Natur hasse.

Jeder Tod auch der grausamste
ertrinkt in der völligen Gleichgültigkeit der Natur
nur wir verleihen unserem Leben irgendeinen Wert
die Natur würde schweigend zusehn
rotteten wir unsere ganze Rasse aus

Marat ist die Gegenfigur in dem Drama von Peter Weiss. Er will die fundamentale Veränderung der Gesellschaft. Er will, dass die falschen Dinge klar benannt werden, und er will einen Sinn. Auch Helge wollte immer einen Sinn, einen höheren Sinn. Aber die Gesellschaft zeigte ihm ihre Fratze, ihr widerliches Gesicht. Und die „gleichgültige" Natur leider auch.

Nichts und niemand hatte bisher eingegriffen, wenn der Mensch sein schändliches Werk verrichtete.

Nichts!

Niemand!

In Helges Jugend sprach man oft von Revolution.

Eine Abkehr von Kapitalismus und Kommunismus gleichermaßen, der Traum von einem ganz neuen anderen System. Heute spricht im Westen keiner von Revolution. Von Veränderungen ja, von Transformationen ja, aber wirklich etwas ändern, wer will das, wer glaubt daran? Die Skeptiker nicht. Die Resignierten nicht. Diejenigen nicht, die sich eingerichtet haben. Die Fanatiker der totalen Digitalisierung nicht. Die sogenannten Querdenker wohl auch nicht.

Gibt es ein gutes Alternativsystem?

In Helges Jugend fragten die Alten immer:

Was wollt ihr denn?

Was wollt ihr denn bloß?

Oder noch schlimmer:

Bei Adolf hätte es das alles nicht gegeben, die langen Haare, die wilde Negermusik und all das Zeug mit den Drogen.

Wer es nicht selbst erlebt hat, damals, glaubt nicht, dass viele alte Leute das gesagt haben.

Damals wussten sie nicht, wie das System sein müsste. Die Welt war so wahnsinnig wie im Drama über Jean Paul Marat von Peter Weiss. Total zerrissen und total irre. Overkill, so ein Wort aus der damaligen Zeit. Overkill.

Den Overkill haben sie vielleicht am Ende erreicht, nur nicht mit den Atombomben, sondern schleichend mit dem CO_2, mit Methan und anderen Gasen, dachte Helge.

Ja, sie träumten damals von der großen Weltrevolution.

Damals. Aber das ist schon lange Geschichte, die keinen mehr wirklich interessiert. Die Kennedies hatten sie nur abgeknallt, erst den John, dann den Robert, diese freiheitsliebenden Amerikaner, schimpfte Helge.

Helge wollte das Drama „Die Verfolgung und Ermordung Jean Paul Marats" nicht noch einmal lesen, auch wenn er den revolutionären Impetus von damals immer noch ganz gut fand. In einer Zeit der totalen Digitalisierung gibt es keine Revolutionen mehr. Man weiß auch nicht so ganz genau, wer die „Herrschenden" sind, wo sie sitzen, welchen Einfluss sie haben etc.

Das Drama „Hölderlin" von Peter Weiss versuchte er noch einmal zu lesen. Beim „Wahnsinn" kann man auch sagen: alles am Ende. Alles vorbei. Der Geist ist wie Glas zerbrochen, vielfach gerissen und zersprungen in einen Haufen voller scharfer Scherben. Hölderlin konnte sich als Dichter der Deutschen nicht etablieren, privat und politisch war er gescheitert. Wenn alles aussichtslos ist, zerbricht der Geist! Helge versuchte in den Text zu kommen, es gelang ihm aber nicht.

Wie so oft dachte er, dass alles zu verkopft war. Zu sehr nur Gedankenwelt. Konzepte einer anderen Gesellschaft. Real gelebt wurde nichts, nur das Übliche. Kein Leben in und mit der Natur, eine Spiritualität der Erde schon gar nicht.

Man kritisierte die Kirche und ihren Machtapparat. Die Tatsache, dass sie gemeinsame Sache gemacht hat mit den Menschen des Geldes, den Banken, den Fürsten, den Fabrikbesitzern. Aber man lebte nichts. Man ging keinen spirituellen Weg.

Autoren wie Peter Weiss lebten mehr oder weniger die Agitation, ästhetisch gut verpackt. Das genügte ihm. Andere konzentrierten sich auf Satire, machten ihre Witze über das System, lebten ihren Zynismus, also den beißenden Spott auf die prekären Verhältnisse, das genügte denen. Hans Dieter Hüsch fiel ihm ein. Solche Autoren hatte er auch behandelt, damals in der Schule.

Als er so nachdachte, fiel sein Blick auf einen grünen Stein aus dem Isartal bei Krün. Ein Stein der heiligen Erde. Wie hat er diese besondere Form bekommen, die an den magischen Panzer einer Schildkröte erinnerte? Wie viele Jahrtausende hat das gedauert?

Politik ist nicht mein Thema, dachte Helge. All die Machenschaften und Intrigen, nein, das ist nicht mein Thema, bestätigte er sich selbst.

So ein Stein drückt die heilige Schönheit aus.

Einen heiligen Stein muss man verehren.

Man muss ihn überhaupt erkennen, und achten, wie einen heiligen Baum oder einen heiligen Fluss.

Es müsste einen Konsens geben über das Heilige.

All das gibt es nicht, dachte Helge.

Weder als Lehrer noch als Literat hatte er in der Hinsicht etwas bewirken können. Es war nicht angenommen worden.

Einen heiligen Stein verehren, was soll das überhaupt? Man will doch, man muss doch die Erde nutzen, zum Wohle der Menschen.

Ja, dachte Helge, *zum Wohle der Menschen*, man sieht, wie weit es damit her ist, man sieht es jeden Tag. Es ist eine Sucht, es ist eine Seuche, es ist die unersättliche Gier, diese Riesenkrake, die alles auf der Erde beherrscht. Erst die militärische Krake, und jetzt die digitale Krake.

Vielleicht war es nur vermessen, sich einzubilden, man könne ein Lehrer der Menschen sein, ein Lehrer eines höheren Bewusstseins. Viele Denker der Geschichte hatten gedacht, sie wären ein großer Botschafter, ein Messias. Viele hatten das von sich angenommen. Viele dachten, sie könnten endlich die große Wende im Weltgeschehen bewirken. Aber Elend, Ungerechtigkeit und Unterdrückung, alles ging immer weiter, wurde noch raffinierter gestaltet.

Als Helge im Wald einen Holzweg ging, musste er an Martin Heidegger denken, den er einmal bewundert hatte. Einer, der viel gedacht hatte, viel zu viel, und geschrieben, auch viel zu viel, denn wer soll das alles lesen, es sei denn, er beschäftigt sich nur mit Martin Heidegger.

Seine Hütte im Schwarzwald oberhalb von Todtnauberg am Waldrand war bescheiden, aber sein Anspruch als Philosoph war es nicht. Er wollte die ganz große „Kehre", die ganz große Umkehr der Denkgeschichte.

Als Helge von Heideggers Liaison mit der Hannah Ahrendt erfuhr, dachte er, dass der gute Martin auch nur ein Männchen gewesen war. Der Virus der Lust kann jeden anfallen, kann sich in jedem ausbreiten und sein Unwesen treiben. Unedel ist der Mensch, gierig und lüstern.

Das Heilige, was ist das eigentlich? Vielleicht hätte Heidegger so gefragt. Vielleicht gibt es sogar einen Text von ihm dazu, aber das wusste

Helge nicht. Er hatte nicht die vielen, dicken Bücher gelesen. Die Gesamtausgabe ist auf 102 Bände angelegt.

Vor dem Heiligen wird man stumm. Man muss nichts sagen, man
muss nichts beweisen, oder belegen, oder begründen, oder erklären, das
ist alles nicht notwendig.

Hinter dem Holzweg ging es weiter, aber der Weg war zu feucht, zu
matschig, also ging Helge zurück.

12. Die drei Fichten der Göttin

Helge besuchte die drei Fichten am Marienteich. Er wollte nachschauen, ob sie noch lebten, oder ob sie auch wie die allermeisten Fichten im Harz gestorben sind.

Er war erleichtert, dass sie noch lebten.

Aber es gab, es gibt natürlich keine Garantie, dass sie den kommenden Sommer überleben werden. Vielleicht wird es ein Dürresommer. Vielleicht wird es zu heiß, wochenlang zu heiß. Man weiß es nicht. Man wird sehen.

Die drei großen Fichten bilden ein Dreieck. Man könnte sie den drei Aspekten der Göttin zuordnen, Reinheit, Entfaltung und Wandel.

Die drei Aspekte werden immer vorhanden sein. Immer wird es Reinheit und Ganzheit geben, immer das neue, junge Leben. Immer wird es die Entfaltung geben, die Mitte und Fülle des Daseins. Und es wird immer das Dunkle geben, den Wandel, das Vergehen, den Tod und die Vernichtung.

Heute (2022) leben wir in einer dunklen Zeit der Vernichtung.

Große Teile des Waldes im Harz sind vernichtet worden durch die Dürre und den Borkenkäfer. Der Hauptverursacher ist der Mensch, der zu viele fossile Brennstoffe verbrannt hat, der die Klimakatastrophe entfesselt hat, unter der jetzt und in Zukunft die ganze Erde zu leiden hat.

Noch sind sie da, die drei Fichten, dachte Helge. Noch kann ich sie besuchen und ihnen langes Leben wünschen. Noch hüten sie den besonderen Platz am Rande des Marienteiches.

Helge dachte über die Gesamtausgabe von Martin Heidegger nach. Wer soll, wer kann die vielen dicken Bücher lesen? Wer hat überhaupt die ZEIT dazu? LESEN und ZEIT, vielleicht hätte er darüber eine Schrift verfassen sollen, der Martin. Und wer hat die Motivation und das Durchhaltevermögen, 102 Bände, oder sind es mehr?, zu lesen, oder auch nur zehn davon oder zwanzig?

Ist es nicht eine Form des Exzesses, jeden noch so kleinen Gedankenpfurz aufzuschreiben? Muss er nicht von Anfang an dieses Kopfvirus in sich gehabt haben, mindestens so eine große Gesamtausgabe zu hinterlassen wie Kant oder Hegel?

Nein, nein, wird der Martin sagen, es ging mir um die Gedankenprozesse, um all die Wege, die Holzwege, die Wegmarken, die Feldwege, die Waldwege, die alle immer wieder anders sind, auch wenn es ein und derselbe Waldweg ist, hinauf zum Feldberg oder weiter bis zum Totenkopf, immer wieder sind sie anders, die Wege, die ich von meiner Hütte, meiner Denk-und-Lebens-Hütte aus gehe und am Ende komme ich dann zurück zu der einfachen Hütte am Waldrand.

Leben ist denken, dachte Helge. Wir denken alle immer ständig ohne Unterlass. Wir gehen durch den Wald und denken die ganze Zeit irgendwas. Aber ist das wichtig? Ist das mehr als fließendes Wasser oder ziehende Wolken am blauen Himmel? Muss man alles notieren, aufschreiben, Abertausende von Manuskriptseiten?

Die modernen Rechenzentren sind auch ein Exzess. Alles speichern sie, immer mehr. Verbrauchen endlos viel Strom für die Computerhallen. Was zielen sie damit eigentlich an?

Helge sah in einer Dokumentation einen gigantischen Rechner für das Wettergeschehen. Man müsse da unendlich viel speichern und auswerten, so meinte der Spezialist aus Kiel, der bekannte Mojib Latif. Ja, müssen wir das denn?

Jeder Schamane der Taiga, der keinen Rechner und kein Smartphone besitzt, schaut in den Himmel oder aufs Meer und weiß sofort, dass etwas nicht stimmt! Das Gleichgewicht ist gestört. Out of balance. Was ist die Ursache der Störung? Die Gier, die Sucht, der Exzess, wird er sagen. Was kann die Störung beseitigen? Das falsche Handeln abstellen. Ganz einfach.

Aber sie wollen ja weiter machen, die Besessenen. Sie können ja nicht anders. Das Virus im Kopf treibt sie voran. Weiter und weiter.

Jetzt will der Robert Habeck, der neue Klimaminister, das ganze Land mit Windrädern voll stellen, denn wir brauchen Strom, ganz viel Strom, immer mehr Strom, und das hat totale Priorität, absolut, da gibt es nichts zu diskutieren.

Den Teufel mit dem Belzebub austreiben, so lautet eine Redensart. Was heißt das? Das Böse mit anderem Bösen austreiben, oder den Exzess durch einen neuen Exzess überwinden. Aber auf diese Weise bleibt man in exzessiven Spiralen gefangen?

Aus der bekannten Rüstungsspirale sind sie bisher nicht heraus gekommen, ganz egal, wer was jemals dazu gesagt hat. Sie sind gefangen in ihren Spiralen des aggressiven Denkens, allen voran die Amerikaner, aber die anderen sind es auch.

Vielleicht kommt man da nie wieder heraus, wenn man einmal in eine Spirale geraten ist, dachte Helge. Das ist wie ein Strudel im Meer, aus dem man sich mit eigener Kraft nicht befreien kann.

Ob der Heidegger dazu was gesagt und aufgeschrieben hat, diesen Denkzwang, diese Denksucht? Wohl eher nicht. Ich habe nicht den Eindruck, dass er ein Meister kritischer Selbstreflexion gewesen ist, meinte Helge. Aber ich habe nicht viel gelesen, mich als Student einmal durch sein berühmtes Werk „Sein und Zeit" gebissen, und danach hat es mir gereicht.

Man kann sich unter einen Baum stellen und das Denken loslassen. Endlich nichts mehr denken.

Es ist besser, nichts mehr zu denken, sagte Helge zu sich.

Werde zu einem Baum. Sei gleichgültig! Die Menschen hattest du nicht erreichen können. Sie interessierten sich nicht für das, was du zu sagen hattest, wie ein Prophet des Untergangs, wie ein Guru einer ganz anderen Metanoia, einer ganz anderen Umkehr hin zu einem neuen Leben in und mit der Natur. Das will keiner hören. Hin zu einem Neubeginn mit der Erde. Hin zur Einfachheit, zur Bescheidenheit, zur großen Reduktion auf das Wesentliche.

Hier bei den letzten großen Fichten ist das Ende gekommen.

Vielleicht überleben sie es noch. Aber das ist eher unwahrscheinlich. Viele große Fichten, von denen man dachte, sie könnten es schaffen, sind am Ende doch gestorben. Der Absterbeprozess geht weiter und ist nicht aufzuhalten. Man kann nur zuschauen. Man muss es ertragen, aushalten. Aber muss man das? Bis zu welchem Punkt denn?

Gut, meine Welt habt ihr zerstört, meine Klagen wollt ihr nicht hören, gut, dann gehe ich jetzt.

Wann ist der Kipp-Punkt gekommen?

Wann sind die anderen Kipp-Punkte in der Natur überschritten? Man weiß von den Punkten, man weiß es ja, aber man redet es sich dann doch wieder schön, glaubt noch, Zeit zu haben, glaubt noch an die Rettung durch Technologien. Ist der Kipp-Punkt für die Ozeane nicht längst überschritten? Ist der Kipp-Punkt für die Vielfalt des Lebens nicht längst überschritten?

Wenn Helge im Harz wanderte, bzw. in dem großflächig zerstörten Harz, dann sah er, dass hier der Kipp-Punkt überschritten war. Ganz eindeutig!

2018 fing es richtig an, mit dem großen Sterben, 2021 war der Kipp-Punkt überschritten.

Ob die drei Fichten es schaffen werden?, fragte sich Helge.

Ich wünsche es ihnen!

13. Die Brüder Karamasow

Die „Brüder Karamasow" ist ein sehr langer Roman von Fjodor Dostojewski, 1880. Helges Ausgabe hatte 1148 Seiten. Ein wirklich dickes Buch, genau 6,5 cm dick. Wer liest heute noch solche Werke? Wer hat die Zeit, wer nimmt sich die Zeit? Man bräuchte mindestens eine Woche, müsste jeden Tag acht Stunden lesen. Wer macht das?

Auf dem Klappentext ist von den „beklemmenden Abgründen der menschlichen Seele" die Rede. Darum geht es, um die dunklen Seiten der menschlichen Psyche. Die Seele war für Helge im Kern rein und edel, der Gedanken-und-Gefühls-Apparat des Menschen allerdings nicht. Der war verdorben, verseucht, besessen von bösen Geistern und Mächten.

Im Kapitel „Rebellion" (im zweiten Teil, fünftes Buch, Kapitel vier) führt Iwan, einer der Karamasowbrüder, seine Überlegungen zum Bestialischen des Menschen aus. Ihn treibt die Frage um, und sie treibt ihn wirklich um, warum sich der Mensch so bestialisch verhält und ob dieses böse Verhalten für den Erlösungsprozess notwendig sei, ob das wirklich alles notwendig sei, um am Ende der Geschichte eine erlöste Menschheit zu haben.

Als konkrete Beispiele nimmt er das gemeine Verhalten gegenüber unschuldigen Kindern und Tieren. Auf vielen, absatzlosen Seiten erzählt Iwan atemlos von den Brutalitäten. So berichtet er von einem Mädchen, das gnadenlos ausgepeitscht wird, von einem Bauern, der besessen und voller Wut auf sein Pferdchen einschlägt, von einem kleinen Jungen, der von den Hunden eines Generals wegen einer Lappalie zu Tode gehetzt wird. Allein die kurze Zusammenfassung wird Abscheu hervorrufen. Viele wollen keine Details hören.

Das ist in heutiger Zeit auch so. Man weiß von den Missbrauchsfällen, man weiß von der Gewalt gegen Kinder, aber so genau will man es nicht wissen. Verschone mich mit Details, werden viele sagen.

Und die prinzipielle Frage: Muss das sein, muss es das in einer Welt alles geben, warum hört es nicht auf oder wann hört das endlich endgültig auf, wer stellt diese Frage? Leicht ist es hingesagt: So ist der

Mensch, so sieht seine dunkle Seite aus, seine kranke, pathologische Seite.

Iwan gehört zu den Menschen, die den Zustand des Menschen nicht akzeptieren können und für ihn passen diese Tatsachen in keinen göttlichen Plan mehr. Er stellt die göttliche Weltordnung grundsätzlich in Frage.

„Es gibt ein Gedicht von Nekrassow darüber, wie ein Bauer sein Pferd mit der Peitsche auf die Augen schlägt, auf die sanften Augen. Wer hätte so etwas schon gesehen? Das ist echt russisch. Der Dichter schildert, wie das schwächliche Pferdchen mit seiner überladenen Fuhre steckengeblieben ist und sie nicht aus dem Lehm herausziehen kann. Der Bauer schlägt es, schlägt es in blinder Wut, schlägt es zuletzt, ohne zu wissen, was er tut. Durch das Schlagen in eine Art Rausch geraten, versetzt er ihm zahllose schmerzhafte Hiebe: Wenn du auch nicht kannst, zieh trotzdem! Verrecke, aber zieh! Das armselige Pferdchen strengt sich verzweifelt, aber vergebens an. Da schlägt er das wehrlose Tier mit der Peitsche auf die weinenden sanften Augen. Außer sich reißt und ruckt es an den Strängen, keuchend, am ganzen Leib zitternd, sich seitwärts stellend und unnatürliche Sprünge vollführend, zieht es die Fuhre heraus – bei Nakrassow ist das furchtbar zu lesen. Aber es ist doch nur ein Pferd, und Gott hat uns ja die Pferde dazu gegeben, daß wir sie peitschen. Das haben uns die Tataren beigebracht und uns zur Erinnerung die Knute geschenkt! (S.359)

Was hat der Mensch mit der Tierwelt gemacht? Er hat sie benutzt und versklavt. Überall auf der Erde. In Deutschland gibt es unendlich viele Masttieranstalten. Da zeigt sich der ganze Herrenmensch mit seinem abstoßenden Rassismus, nur richtet sich sein Rassismus gegen die Tierwelt. Man mästet die Tiere, um sie zum richtigen Zeitpunkt schlachten zu können. Die Wut eines russischen Bauern auf sein Pferd mag man als „cholerischen Anfall" abtun, aber was sagt man zum geplanten Massenmord an Millionen von Schweinen und anderen Tieren?

Iwan stellt sich die Frage, wie die brutalen Verhaltensweisen mit einem göttlichen Plan für die Erde und die Menschheit in Einklang ge-

64

bracht werden können. Die Frage lässt ihn nicht los. Deshalb sammelt er Berichte von brutalem Verhalten. Das ist zwanghaft, aber er kann die Frage nicht zur Seite schieben.

Iwan berichtet von einem fünfjährigen Mädchen, das von seinen Eltern verprügelt wird, sie sperrten es über Nacht in den Abort ein, beschmierten es sogar mit Kot.

Verstehst du das, wenn das kleine Wesen, das noch nicht einmal zu begreifen versteht, was mit ihm geschieht, sich in Dunkelheit und Kälte und Gestank mit den Fäustchen ängstlich gegen die Brust schlägt und mit unschuldigen, frommen Tränen den 'lieben Gott' um Schutz anfleht – verstehst du diese Sinnlosigkeit, du mein Freund und Bruder, du demütiger Diener Gottes?

Verstehst du, wozu diese Sinnlosigkeit notwendig ist, wozu sie da ist?

Man sagt, ohne sie könne der Mensch gar nicht auf Erden leben, er würde das Gute und das Böse nicht erkennen. Aber wozu sollen wir dieses verdammte Gute und Böse erkennen, wenn uns das so teuer zu stehen komm? Eine ganze Welt von Erkenntnis wiegt ja nicht die Tränen auf, mit denen das Kind zum 'lieben Gott' betet. (S.361; Absatzgestaltung und Fettdruck vom Autor; bei Dostojewski fortlaufender Text.)

Für Helge war es eine ungeheuerliche Frechheit, wenn Intellektuelle, also Menschen, die nur klug und gebildet daherreden können, behaupten, das ganze Leiden, auch der unschuldigen Kinder sei für den Erkenntnisgewinn notwendig. Völlig perfide fand er es, wenn Kirchenmännern sich für begangenen Missbrauch entschuldigten. Pah, es gibt keine Entschuldigung, dachte Helge. Das ist überhaupt niemals zu entschuldigen. Macht eure Scheißkirche zu, schimpfte er. Es ist nur eine Scheißkirche, war es von Anfang an, eine Scheißkirche!

Er könnte sich in seine Wut auf die Verbrecher hineinsteigern, aber es wusste, dass er damit nichts, absolut nichts bewirken würde. Die Verbrecher würden nicht verschwinden. Sie würden sich nicht bessern, sie würden sich nicht ändern wollen. Sie würden sich nur besser tarnen und verstecken.

In jedem Mensch steckt natürlich eine Bestie. Diese Bestie kann in Wut geraten. Das Geschrei des Opfers ruft bei ihr eine wollüstige Glut hervor. (S.361)

Iwan spricht nicht von Sadismus. Er erwähnt den Begriff kein einziges Mal. Aber das ist es, was er darlegen will. Das ist sein Thema. Der gemeine Sadismus des Menschen.

Eines Tages nun warf ein Hofjunge, ein Bursche von acht Jahren, beim Spielen mit einem Stein und verletzte den Lieblingshund des Generals am Fuß. 'Wieso lahmt mein Lieblingshund?' Es wurde ihm berichtet. 'Ah, du bist das' sagte der General. 'Nehmt ihn fest!' Er wurde seiner Mutter weggenommen, verhaftet und in ganze Nacht ins Arrestlokal gesperrt. Am anderen Morgen, bei Tagesanbruch, war der General, bereits in voller Pracht, im Begriff, zur Jagd zu ziehen. Er steigt zu Pferd, umgeben von seinen Schmarotzern, den Hunden, den Hundewärtern, den Treibern, die sämtlich beritten waren. Zur Erbauung und Belehrung war das Hofgesinde versammelt, vor allen anderen stand die Mutter des Jungen. Der wurde aus dem Arrest herausgeführt. Es war ein trüber, kalter, nebliger Herbsttag, richtiges Jagdwetter. Der General befahl, den Jungen zu entkleiden. Das Kind wurde vollständig ausgezogen. Es zitterte, war vor Angst ganz durcheinander, wagte keinen Ton von sich zu geben... 'Hetzt ihn' kommandierte der General. 'Lauf, lauf' schrien die Hundewärter. Der Knabe lief. 'Faßt ihn' brüllte der General und hetzte die ganze Mute der Jagdhunde auf ihn. Vor den Augen seiner Mutter rissen die Hunde den Kleinen in Stücke! Der General wurde unter Aussicht gestellt, glaube ich. Was hätte man sonst mit ihm machen sollen? Ihn erschießen? Zur Befriedigung des sittlichen Gefühls erschießen? (S.363f)

Eine schreckliche Szene. Ein Einzelfall, ein extremer Einzelfall, wird mancher sagen. An sich ist der Mensch gut, aber es gibt extreme Einzel-

66

fälle. Helge ging davon aus, dass Dostojewski das brutale Herrenmenschentum deutlich machen wollte. Die absolutistische Macht der Herrenmenschen über Leben und Tod. Ein reicher Gutsbesitzer, der mit seinem Gut machen konnte, was er wollte, also auch mit den Leuten, die ja nur „Gesinde" waren. Heute spricht man von „unteren Lohngruppen", das klingt harmlos, aber das Herrenmenschentum ist doch vorhanden. Es versteckt sich nur hinter Machtstrukturen und angeblichen Sachzwängen. Auf diese Weise kann man so tun, als hätte man keine moralische Verantwortung.

Auf die will jedoch Iwan im Roman hinaus. Der Mensch ist moralisch verantwortlich. Vor allem die Mächtigen, denn die einfachen, unterdrückten und ausgebeuteten Leute sind vor allem Opfer, es sei denn, sie peitschen ihre Pferde oder ihre Kinder, geben also die Aggression nach unten weiter, entladen sie auf den noch Schwächeren. Man kann das alles nicht ertragen, dachte Helge. Man kann so eine Welt nicht ertragen!

Das Kapitel, aus dem die Zitate sind, hat den Titel „Rebellion". Iwans Rebellion ist eine fundamentale, er rebelliert gegen die Weltordnung, oder anders gesagt, gegen Gottes Schöpfung. Sie will ihm nicht gefallen, er kann sie nicht akzeptieren. Er sagt von sich, dass er nur ein unbedeutender Mensch sei, aber nicht *„begreifen kann, warum alles so eingerichtet ist"* (S.364). Warum gibt es Leiden? Warum gibt es so viel Leiden, warum leiden vor allem so viele, viele Kinder? Das kann er weder begreifen noch akzeptieren. Er gibt zu, dass er *„Vergeltung"* wolle, und zwar jetzt, damit er sie sehe, und nicht irgendwann in ferner Zukunft, wie beim jüngsten Gericht etwa.

Er will auch nicht leiden, damit später einmal eine große **Weltharmonie** entstehen kann.

„Ich will mit eigenen Augen sehen, wie die Hirschkuh sich neben den Löwen legt, wie der Ermordete aufsteht und seinen Mörder umarmt. Ich will dabei sein, wenn alle plötzlich erkennen, warum alles so gewesen ist."

„Wenn alle leiden müssen, um durch ihr Leiden die ewige Harmonie zu erkaufen – inwiefern sind daran die kleinen Kinder beteiligt? Das

sag mir doch bitte! Es gibt überhaupt keine Erklärung, warum auch sie leiden und durch ihr Leiden die Harmonie erkaufen müssen." (S.364)

„Und wenn die Leiden der Kinder helfen mussten, um jene Summe von Leiden voll zu machen, die zur Erkaufung der Wahrheit notwendig war, so behaupte ich, dass die ganze Wahrheit diesen Preis nicht wer ist." (S.365)

„Ich will keine Harmonie! Aus Liebe zur Menschheit will ich sie nicht! Lieber will ich meine ungerächten Leiden behalten. Lieber will ich meine ungerächten Leiden und meine nicht beschwichtigte Entrüstung behalten. Selbst wenn ich unrecht haben sollte. Für diese Harmonie wird ein gar zu hoher Preis verlangt; er entspricht nicht unserem Geldbeutel, so viel Eintrittsgeld zu bezahlen! Darum beeile ich mich, mein Eintrittsbillett zurückzugeben. Und wenn ich auch nur ein einigermaßen ehrenhafter Mensch bin, so bin ich verpflichtet, das möglichst rasch zu tun. Das tue ich denn auch. Nicht daß ich Gott nicht anerkenne, Aljoscha, ich gebe ihm nur mein Billett ergebenst zurück."

„Das ist Rebellion", sagte Aljoscha leise, mit niedergeschlagenen Augen." (S.366)

Iwan kann die Welt nicht akzeptieren, wie sie ist. Er kann es einfach nicht verstehen und hinnehmen, dass es so viel Leiden, so viel unschuldiges, ungesühntes, ungerächtes Leiden gibt. Er kann es nicht akzeptieren, dass der Prozess der Geschichte, all der Auseinandersetzungen für die Erschaffung einer universellen Harmonie notwendig sein soll.

Iwan gehört zu den Menschen, die sich mit dem status quo nicht anfreunden können. Die Lage ist heute (2022) ja genauso desolat wie 1880. Es hat sich im Grunde nichts verbessert. Kinder werden misshandelt, ausgebeutet, missbraucht und ermordet. Es gibt keinen wirklichen Fortschritt, was die Harmonie betrifft. Eher gibt es einen Verschlimmerungsprozess. Iwan könnte heute genauso klagen und anklagen, wie im neunzehnten Jahrhundert. Er könnte sich genauso in seine Ablehnung der ganzen Weltordnung hineinsteigern.

Fjodor Dostojewski, 1821 – 1881

Iwan erzählt seinem Bruder Aljoscha die Geschichte vom „Großinquisitor". Dieser Figur steht für den **Weltenherrscher.** Der Herrscher der Welt, das ist das Böse, die große Diktatur, die absolute Macht. Von dieser waren und sind die Menschen besessen. Schon seit der Zeit der Ägypter. Die totale Macht haben, das hat sich in ihren Herzen festgefressen.

Der Großinquisitor erklärt Jesus, der während des Gespräches nichts sagt, seine politisch-totalitäre Weltsicht. Im Grunde rechtfertigt er sein Weltbild, das sich nicht an Jesus, Demut und Hingabe orientiert, sondern an der verliehenen Macht, die von Satan kommt.

Sie, die Kirche, hätte den Menschen die belastende Freiheit genommen und ihnen ein festes System geboten. Nun könnten sie glücklich sein.

Die Geschichte spielt in der Vergangenheit, im sechzehnten Jahrhundert, aber sie bezog sich auf das neunzehnte Jahrhundert und auch heute erkennen wir überall diesen Willen zur totalen Weltherrschaft, vor allem bei den multinationalen Konzernen. Macht ist und war schon immer ökonomische Macht. Der spirituelle Überbau diente nur der Legitimation. Mehr brauchten sie nicht. Sie brauchten kein echtes spirituelles System, weil sie daran nicht interessiert waren. Sie waren und sind nicht an freier Selbstentwicklung, an der Bewusstseinsentwicklung interessiert, schon gar nicht an etwas wie Selbstaufgabe, Selbstüberwindung und Selbstlosigkeit, keine Kirche, keine Institution, keine Organisation, keine Sekte. Ihr Ziel war und ist die totale Unterwerfung, damit sie die totale Macht haben. Das eine bedingt das andere.

Spirituelle Visionäre wie Jesus, der von einem höheren „Reich Gottes" träumte, wurden von ihnen nur benutzt, um die Menschen in ihre Richtung zu locken, um sie für ihre eigentlichen Interessen zu manipulieren.

Die Geschichte vom Großinquisitor (Karamasow, Fünftes Buch, Kapitel 5) gibt es auch als einzelne Buchausgabe.

„Wir sind nicht mit dir (=Jesus) im Bunde, sondern mit ihm (=Satan) – das ist unser Geheimnis! Wir sind schon seit langer Zeit nicht mehr mit dir im Bunde, sondern mit ihm, schon acht Jahrhunderte lang. Genau acht Jahrhunderte ist es her, daß wir von ihm annahmen, was du

unwillig zurückgewiesen hast: jene letzte Gabe, die er dir anbot, indem er dir alle Reiche der Erde zeigte. Wir haben von ihm (=Satan) Rom empfangen und das Schwert des Cäsar und haben uns selbst zu Herren der Erde, zu ihren einzigen Herren erklärt, obwohl wir unser Werk bis heute noch nicht zum vollen Abschluß zu bringen vermochten." (Ergänzungen in Klammern vom Autor, S.384)

„Bei uns jedoch werden alle glücklich sein und nicht mehr rebellieren und einander vernichten, wie es unter deiner (gemeint ist Jesus) Freiheit allerorten geschah. Oh, wir werden sie davon überzeugen, daß sie erst dann wahrhaft frei sein werden, wenn sie ihrer Freiheit zu unseren Gunsten entsagen und uns gehorchen." (S.386)

Am Ende der Geschichte schickt der Großinquisitor Jesus fort und sagt ihm, dass er niemals wiederkommen solle. Er solle niemals auf die Erde zurückkehren und das ganze schöne Herrschaftssystem stören. Er würde nur stören! Nur stören!

*

Helge sah im Fernsehen (20.2.22) Berichte über die Vorstellung eines Gutachtens zu den Missbrauchsfällen im Bistum München-Freising. „Das System Kirche sei krachend gescheitert", sagte jemand. Ja, dachte er, jetzt sind sie endgültig am Ende. Ein Papst, der offensichtlich gelogen hat und sich hinter Schutzbehauptungen zu verschanzen versucht.

Die Entschuldigung des Kardinals Marx ist im Grunde nur hilflos und bringt nichts, weil die „systemischen Veränderungen", von denen immer mal wieder die Rede war, nicht stattgefunden haben und wohl auch nicht stattfinden werden, weil das ganze Konzept der Kirche falsch ist, nämlich undemokratisch, autoritär, diktatorisch etc., genau wie im Großinquisitor von Dostojewski. Papst Benedikt hätte die Chance gehabt, damals, aber er hat nur an den Erhalt des Machtapparats der katholischen Kirche gedacht, das war ihm das wichtigste gewesen. Nun sitzt er da im Rollstuhl, ein erbärmlicher alter Mann, kein Weiser, kein Heiliger, verlogen und verdorben. Das pädophile Schwänzchen hat sie alle zu Fall gebracht. Sie wollten so rein sein, so keusch, so gänzlich gottorientiert – und waren doch das krasse Gegenteil.

14. Konkrete Fälle des Leidens

Wenn es einen selbst nicht direkt betrifft, dann hat man Bücher, Medien, Statistiken. Aber wichtiger sind die persönlichen Erfahrungen, die konkreten Fälle des Leidens, der Schicksalsschläge, die man selbst erlebt oder die nähere Umgebung von einem.

Ein Freund schrieb Helge etwas von seinen Brüdern, die nach dem Krieg in die Obhut einer Tante gegeben wurden, weil beide Elternteile verstorben waren. Er selbst sei bei einer gütigen Tante groß geworden. Seine Brüder hingegen seien durch ein „Tal der Tränen" gegangen, weil die Tante, bei der sie leben mussten, alles andere als gütig war, vielmehr war sie hartherzig und herzlos, was sich stereotyp anhören mag, für Außenstehende, aber er habe selbst diesen extremen Gegensatz erleben müssen.

Diese Tante schlug seine beiden Brüder hemmungslos und ließ sie unter ihren Launen leiden. Egal, was sie gerade in der Hand hatte, z.B. ein Schlüsselbund, sie benutzte es als Schlagwerkzeug, oft aus nichtigstem Anlass und schlug seine Brüder immer auf den Kopf, auf den empfindsamen Kopf. Einer der Brüder litt dann unter epileptischen Anfällen. Der andere versuchte zu fliehen, er ging während des Algerienkrieges zur Fremdenlegion. Die Tante kassierte immer die Waisenrenten ein, ließ seinen Brüdern aber nichts davon. Sie ging sogar so weit, seine Brüder zum Betteln anzustiften, und wehe, sie brachten nicht genug heim. Dann gab es Schläge.

Die Folgen waren für beide traumatische Störungen, die ein Leben anhielten und sich darin äußerten, dass sie still wurden, sehr still, und introvertiert. Was hätten sie als kleine Jungs auch tun können?

Andere Leute wussten von dem brutalen Verhalten der Tante, aber sie schwiegen und schritten nicht ein. Seine Brüder hatten Angst, wollten nicht, dass darüber geredet wurde, weil sie fürchteten, dann noch mehr Schläge zu bekommen. Näherte sich ihnen die Tante, dann erhoben sie automatisch und zwanghaft ihre Hände über ihren Kopf, weil sie wussten, dass aus heiterem Himmel Schläge zu erwarten waren, wenn die Tante wieder einen Grund für eine Bestrafung gefunden hatte.

Helge dachte, dass diese Tante vermutlich die Brüder gehasst hatte, dass sie sich eigentlich gar nicht um sie kümmern wollte. Vielleicht war sie innerlich wütend, dass man ihr diese Aufgabe übertragen hatte, vielleicht hasste sie auch ihre Schwester, die einfach verstorben war und ihr diese *Bengel* hinterlassen hatte.

*

Von einer guten Bekannten hatte Helge erfahren, dass ihr Mann nun doch an Corona gestorben sei. Mehr als zwei Wochen hatte sie gebangt, Hoffnungen gehabt, war dann wieder hoffnungslos und verzweifelt gewesen. Am Ende hatte es alles nicht genützt, keine Gebete, keine versuchten Fernheilungen, keine ins Universum geschickte positive Botschaften, nichts, alles vergeblich, sein Körper war zu schwach, seine Seele musste sich von diesem Leben verabschieden.

Warum hatte es ihn getroffen?

Warum hatte ihn dieses Schicksal ereilt?

Wir können diese Fragen immer nur stellen. Wir bekommen keine Antwort. Irgendwelche Statistiken helfen uns überhaupt nicht. Er gehört danach zu einer kleinen Gruppe, ein Prozent, die es so trifft. Aber das nützt seiner Frau gar nichts. Und mir auch nicht, dachte Helge. Mein Verhältnis war nicht eng, eher nur eine Bekanntschaft, keine Freundschaft.

Dennoch machte es ihm wieder einmal die Brutalität und Ungerechtigkeit des Schicksals deutlich. Dem Schicksal ist es egal, ob jemand stirbt oder nicht, ob er verschwindet oder nicht. Der W. ist jetzt eben verschwunden. Armer Kerl, dachte Helge. Das „armer Kerl" war mehr ein Gefühl als ein Gedanke.

„Mitgefühl", davon wird in manchen Büchern immer so nett und klug und weise geredet, aber „Mitgefühl" hat eine schreckliche Seite und ist nicht erbaulich, im Gegenteil, es betrübt uns, es zieht uns herunter, es deprimiert uns. Mancher kommt dann mit weiteren klugen Bemerkungen oder gar mit subtilen Begriffsdefinitionen.

Interessiert mich alles nicht mehr, dachte Helge. Schicksal ist eben

Schicksal. Brutal und gemein. Der Tod ist ein gemeiner Schuft, sonst nichts. Hoffnung gibt es keine. Es gibt kein schönes Himmelreich! Und selbst wenn es das geben sollte, warum erleben wir es dann nicht direkt und konkret, jetzt und heute?

Für Helge war das Universum ein dunkles geworden. Ein bisschen Licht, ja, ein bisschen Sonnenschein, aber der konnte schnell verschwinden, schnell konnte es wieder dunkel und kalt werden. Der Frost bestimmte den Kosmos. Alles gefroren und erstarrt!

Alles tot und am Ende!

*

Ein magisches Symbol, um das Böse abzuwenden und die Kraft zu stärken, ist das Pentagramm. Man kann andere Begriffe nehmen. Die fünf Elemente sind: Feuer (rechte Seite anfangen), Wasser, Erde, Luft und Geist.

Verbindung zum Göttlichen

Ideen, Ideale

innere Kraft

Stärke

Inspiration

Erdverbundenheit

Mitgefühl

74

15. Die Vielfalt des Lebens

Helge lief mit seinem Freund Red Kite (gesprochen Kait, = Roter Milan), der einen indianischen Vater hatte und länger in Dakota gelebt hatte, über den Steppenhügel. Sie unterhielten sich über einen Zeitungsartikel zum Thema der Biodiversität.

„Was hältst du davon?," fragte Helge.

„Nicht viel. Schon das Wort ist mir zu abstrakt, zu technisch. Biodiversität. Da schwingt nichts mit. Da ist kein Herz vorhanden, kein tiefes Gefühl, keine Wertschätzung, keine Achtung."

„Also nur Kopf?"

„Ja, genau. Immer nur Kopf, immer nur Verstand, immer nur Technik. Das ist seit langer Zeit der Fehler," betonte Red Kite.

„Was mir auffällt, sind Vergleiche mit der Geschäftssprache. Anleihen, Gold, Geld, Bankrott, Börse, Wohlstand, Stützungskäufe und so weiter. Es geht aber nicht um Geschäfte."

„Die sind total besessen von ihrem Geschäftsdenken. Sie meinen, sie könnten mit Mother Earth einen Deal machen. So einen neuen, grünen Win-Win-Deal. Lächerlich. Total lächerlich finde ich das."

„Ich stimme dir zu."

„Wir müssen uns einfach an Mutter Erde halten, nichts weiter."

„Und was heißt das?," fragte Helge.

„Dass wir alles reduzieren müssen. Und zwar drastisch. Alle Ansprüche, den Landverbrauch, die Landnutzung, die Ausbeutung der Bodenschätze. Wir dürfen nicht die Erde umgestalten, wir müssen nur Mutter Erde folgen. Sie gibt die Bedingungen des Lebens vor, sie bestimmt. Wir sind wie eigensinnige, trotzige Kinder mit höchsten Ansprüchen, die ihre eigenen Gesetze durchsetzen wollen. Das wird nicht funktionieren, das kann es niemals, denn erst kommt die Natur, dann der Mensch, die Natur bestimmt, der Mensch muss ihr folgen."

„Eine Art Führerprinzip der Natur," sagte Helge mit leicht ironischem Ton.

„Ja, sicher. Aber das ist nicht schlecht, das ist schon gar nicht falsch und verhandelbar ist es erst recht nicht. Wir haben nicht die Natur geschaffen, die Natur hat uns geschaffen. Wir aber haben uns eingebildet, wir hätten sie erschaffen und sind von dieser fixen Idee besessen und wollen von ihr nicht lassen, sondern sie mit allen möglichen Technologien weiter füttern und erhalten."

„Ein Wahnsinn!"

„Du sagst es: Wahnsinn. Es ist krank im Kopf."

„Sie wollen die Abholzung beenden, aber nicht sofort, sie wollen den Landverbrauch stoppen, aber nicht sofort, sie wollen alles Mögliche immer, aber nie sofort, erst in Jahren, in Jahrzehnten. Sie sitzen auf ihren riesigen Maschinen und können sie nicht anhalten. Sie fahren mit Volldampf in den Abgrund," schimpfte Helge.

„Genau."

„Mir fällt ein alter Song ein, von Jethro Tull. Locomotive Breath, in dem geht es genau darum. Schon mehr als fünfzig Jahre alt."

„Man kann viel weiter zurückgehen," meinte Red Kite, „schon nach den ersten Begegnungen merkten die indigenen Völker, dass mit den Weißen etwas nicht stimmt, nämlich die Tatsache, dass sie total besessen von ihrer Gier sind, ihrer Gier nach Gold, und dass sie rücksichtslos alles dafür opfern. Jetzt sind sie am Ende!"

„Aber sie wollen jetzt mehr die Arten schützen. Mehr Naturschutz, mehr Urwälder, Moore zulassen und vieles mehr. Mehr Blühstreifen zwischen den Feldern."

„Das sind alles Alibiaktionen. Das Entscheidende wollen sie eben nicht, die Reduktion ihrer ganzen Zivilisation, vor allem die Reduktion der Bevölkerung. In der wilden Natur gibt es nicht unendliche Massen von Raubtieren, weder Wölfe im Norden von Kanada noch Löwen in Afrika. Es kann, es darf nur wenig Raubtiere geben."

„Man wird dir biologistisches Denken vorwerfen," sagte Helge.

„Ja sicher."

„Oder sozialdarwinistisches."

„Sicher doch. Aber wer die Natur wirklich kennt, der weiß, dass es so ist, so sein muss. Die Natur hat es vorgegeben. Ohne Milliarden von Kleinstlebewesen kein gesundes Bodenleben, und davon hängt der ganze Rest nun einmal ab. Es gibt nicht acht Milliarden Wölfe auf der Erde, die sich hundert Milliarden Schweine halten, um sie nach Plan regelmäßig zu töten und aufzufressen."

Helge lachte.

„So absurd ist doch alles geworden! So krank, so wahnsinnig!"

„Und der vegetarische Weg, oder der vegane?"

„Selbstbetrug. Nichts gegen das moralische Anliegen mancher Leute. Sollen sie ruhig machen. Aber der entscheidende Punkt ist der, dass es im Verhältnis zu den anderen Lebewesen, ob Pflanzen oder Tiere, einfach zu viele Menschen gibt, die sich wie ein gigantischer Heuschreckenschwarm über die Erde verbreitet haben. Da liegt der zentrale Fehler. Naturschutzgebiete, alles schön und gut, aber aus indigener Sicht muss die ganze Natur, komplett, unter Schutz gestellt werden. Einhundert Prozent, nicht mehr, nicht weniger. Nur das wäre Naturschutz!"

„Und dieses „gardening the earth", was hältst du davon?," fragte Helge.

„Ach, das ist auch so eine nett klingende Idee. Sicher, besser als die industrielle Landwirtschaft, die totale Ausnutzung, die wir gegenwärtig haben. Aber ich bleibe dabei, wir müssen unsere Ansprüche reduzieren und ein viel bescheideneres Leben führen mit viel, viel weniger Menschen, sagen wir mit nur einer Milliarde."

„Es wird dir keiner folgen wollen."

„Nein, ich weiß, es wird mir keiner folgen. Aber man soll nicht mir gehorchen, sondern **Mutter Erde**. Sie will es, denn sie will das ganze Leben und nicht nur Menschen, die alle anderen Lebewesen und die Bodenschätze für ihren Wohlstand ausbeuten und die Erde, den ganzen Planeten, dominieren, nein, das ist nicht ihr Plan für die Erde!"

„Und was ist ihr Plan?"

„Die vielfältige Kreativität. Die Vielfalt des Lebens."

„Die wir dann voller Ehrfurcht zu achten haben."

„Genau!"

16. Böse Natur?

Kürzlich brach in der Südsee ein Vulkan aus. Ascheregen fiel auf die Inseln. Eine graue Ascheschicht. Eine Tsunamiwelle verursachte Schäden. Von Europa liegt das weit weg.

Wieder stellte sich Helge die grundsätzliche Frage, ob die Natur nicht auch ein böses Wesen sei? Kann man sie verehren – oder bleibt es nur ein romantischer Traum? Alles nur Träumerei?

Helge stand in einem kleinen Fichtenwaldstück, das vor fünf Jahren noch intakt war. Jetzt sind alle Fichten tot, manche umgeweht, zerbrochen. Teilweise ist der Weg zu einem markanten Felsen versperrt.

Die großen Fichten waren schon vor zwei Jahren gestorben.

Wüst sieht es aus, chaotisch.

Kann man das noch verehren?

Kann man die Kraft des Chaos verehren?

Aus jedem Chaos entsteht früher oder später eine neue Ordnung, ein neuer Kosmos – bis der auch wieder im Chaos untergeht. Ein ewiger Wechsel von Chaos und Kosmos, oder nehmen wir deutsche Wörter: von Unordnung und Ordnung. Zur umfassenden Ordnung gehört immer mal wieder die Unordnung. Es gibt keine Ordnung, die für immer bleibt, die für immer stabil und fest bleibt.

Ein Kraftplatz ist ein Platz einer starken Ordnung der Natur.

Und jetzt, was ist jetzt mit diesem Platz hinter den Felsen?

Nur Chaos. Obgleich das nicht stimmt. Jetzt haben die Fingerhüte ihre große Chance. Überall sehe ich ihre grünen Rosetten mitten im Januar. So viele waren früher nicht hier. Dank sei den toten Fichten.

Nichts bleibt, wie es ist, dachte Helge.

Man kann nicht nur einen Zustand verehren, sondern eigentlich nur den ganzen Wandel. Ob man diesen nun verehrt, naturreligiös gesehen, oder nicht, der NATUR ist das egal. Sie hat ihre Wandlungsprozesse, so oder so.

Eines fernen Tages wird die Sonne immer heller werden und die ganze Erde verbrennen. Von all unseren Bemühungen wird nichts übrig bleiben.

„Wie siehst du das mit der Verehrung der Natur, wenn sie gewalttätig ist, wenn sie zerstört," fragte Helge seinen Freund Red Kite.

„Das ist nicht leicht. Die Weißen haben oft eine zu romantische Vorstellung. Natur ist eben nicht nur schön, lieblich, angenehm. Sie ist wild und kreativ. Sie kann ausbrechen wie ein Vulkan. Sie kann eine Eiszeit bringen. Oder eine Zeit des Hungers und alle sterben."

„Also müssen wir den romantischen Blick aufgeben?"

„Ja," sagte Rede Kite. „Das ist zu sentimental. Natur ist eben Kampf. Wir mussten immer ums Überleben kämpfen. Tausende von Jahren."

„Was ist göttlich, was ist heilig?"

„Die Kraft der Schöpfung. Das Universum ist überall kreativ."

„Und destruktiv."

„Ja. Das geht immer zusammen. Es gibt nicht das eine ohne das andere. Jetzt sterben viele Bäume, viele Wälder, viele Tiere, weltweit. Der Mensch hat zu sehr den bösen Geist der Zerstörung entfesselt, aus Gier, aus Sucht, aus Selbstherrlichkeit. Sein Ende ist besiegelt. Der Untergang läuft längst. Er wird verschwinden! Und wenn es eine Art Mensch in 100 oder mehr Jahren geben sollte, dann sicher eine andere Art als heute. Der dekadente Konsummensch taugt nichts. Der Machtmensch taugt gar nichts. Der immer herum tricksende, lügende Mensch ist nur widerlich. Bah!" Red Kite spuckte aus.

„So wird es wohl sein," sagte Helge. „Ja, ich denke, so wird es kommen."

„Das Schöne in der Natur können wir verehren. Es spiegelt uns etwas Göttliches wider. Etwas jenseits der Wolken, jenseits von allem, über allem stehend. Das Hässliche muss man meiden, obgleich man weiß, dass man es nicht los wird. Ein kaputter Wald ist hässlich! Oder auch einfach nur zerstört und desolat! Das ganze Werk des Menschen ist wie der Ausbruch eines Supervulkans. Überall Asche, überall umgehauene Bäume. Wie damals beim Mount St. Helens. 1980 war das. Totale Zerstörung in der ganzen Umgebung. Eine Apokalypse!"

79

„Ja, ich erinnere mich."

„Verehren kann man nur das Schöne. Das ist heilig. Es ist ein Zeichen für Höheres oder eine gänzlich andere Welt. Die Zerstörung ist furchtbar. Wir können sie nur fürchten. Oder meiden, wo immer es geht."

Im Tal der Radau haben sie jetzt alle großen Fichten abgeholzt. Viele davon waren bereits hinüber, viele so geschädigt, dass man ihnen keine Chance mehr geben wollte.

Jetzt sind sie alle fort!

Das Tal ist ein ausgeräumtes Tal.

Alle die besonderen Stellen, an denen man Naturverehrung praktizieren konnte, sind zerstört.

Ein zerstörtes Tal.

Vor zwei Jahren dachte Helge noch, dass dieses Tal den *alten Harz* bewahren könnte, würde, aber das war eine Illusion gewesen.

Es ist grauenhaft, wenn magische Stätten weg sind. Einfach weg!

Wo soll man hingehen?

Es lohnt nicht mehr, dieses Tal hoch zu wandern, denn die alte Zeit ist vorbei.

Wer oder was ist das Böse, fragte sich Helge. Die Natur, Teile der Natur, wie der Borkenkäfer oder die Dürre, oder der Mensch, der alles durcheinander gebracht hat mit seinem exzessiven Handeln überall, der aber selbst nur ein Wesen der Natur ist, nur eine *Missgeburt*, wie Helge oft dachte, nur ein krankes, geisteskrankes Wesen, das eigentlich nur zerstören kann, weil er vom Wesen her ein *Parasit* ist, ein getriebener *Parasit*, der seinen Wirt zerstört.

Neben der Straße zum Eckerstausee liegen noch die riesigen Holzhaufen. Hell leuchtet das Holz. Es wirkt wie eine blutig aufgerissene Wunde. Weiter oben, den Berg hinauf, stehen noch Fichten, aber sie sind alle braun, also tot. Hin und wieder sieht man kleinere Fichten, die grün sind. Junge Bäume. Aber ob sie groß werden, Giganten? Ob sie eine Chance haben?

Früher sagten manche, die Natur könne nicht böse sein. Nur der Mensch, das bewusste Wesen, könne unmenschlich sein, böse, gemein, brutal. Nur der Mensch sei so böse gewesen, dass er viele seiner eigenen Art vernichtet habe, geplant oder weniger geplant, auf jeden Fall habe er Millionen von Toten auf dem Gewissen. Es betrifft nicht nur den Holocaust und die Juden, sondern alle Menschen, von der Bronzezeit bis in die Gegenwart. Massenvermehrung und Massenmord. Eine böse Geschichte. Das Coronavirus ist nur ein neuer Player im großen Vernichten.

Warum ist das so?, fragte sich Helge.

Die vielen Fakten und Einzelheiten interessierten ihn nicht so sehr, denn er stellte die philosophische Frage nach dem Sein und dem Bösen. Das Sein, das Dasein empfindet man als gut, als schön, alle wollen leben, alles will leben, drängt zum Leben hin, und hinterlässt doch eine Blutspur. Alle Raubtiere töten seit Jahrmillionen. Der Mensch ist nur ein weiteres Raubtier wie der Hai oder der Löwe.

Warum lässt MUTTER ERDE es zu, dass ganze Wälder vernichtet werden, durch Feuer, durch Dürre, durch einen kleinen, miesen Käfer, der die Rinde zerstört, warum lässt sie es zu, dass große, starke, himmelhoch gewachsene Bäume durch kleine Schmarotzerwesen zu Fall gebracht werden, warum schaut sie dem Werk der großen Waldvernichtung und allen anderen Vernichtungen teilnahmslos zu? Die Erde ist keine Person, sie ist nur Physik. Es sind nur physikalische Prozesse, biologische, chemische, gemischte, chaotische, unbeherrschbare Prozesse.

Wir sind nur Teil des ganzen Prozesses, dachte Helge. Am Ende der Geschichte wird alles verbrannt. Die Sonne wird sich aufblähen und alles verbrennen. Die schöne Natur war für ihn böse geworden. Ein böses Monster der Zerstörung.

Es gibt keine ethische Weltordnung.

Die Ethik haben sich einige ausgedacht, ein schönes Konzept, aber oft haben sie sich nicht einmal selbst daran gehalten. Die Natur kennt keine Ethik, und das ist vielleicht das Böse, dass sie keine kennt, sondern gleichgültig dem Abschlachten zuschaut, egal wen es trifft, ob große Bäume oder Menschen, es ist ihr alles egal. Sie greift nicht ein, und ein Gott greift schon gar nicht ein, denn es gibt keine Götter in einem physikalischen Universum. Die elementaren Kräfte beherrschen alles. Sie spielen ihr Spiel von Schöpfung und Zerstörung, und alles ist gleichzeitig zu allen Zeiten vorhanden, wie Leben und Tod, wie Liebe und Hass, wie das Schöne und das Hässliche.

Das schöne Schlaraffenland des Konsums hat eine böse, dunkle Kehrseite. Saubere Energie, so hieß es einmal von der Atomkraft, lange ist es her, sauber und billig, aber der Müll, wohin mit dem Müll, das ist immer die Frage, wohin mit dem Müll, dem Dreck, dem Abfall, wohin damit?

Sie dachten, sie hätten sich eine wunderbare Welt geschaffen, aber die große Zerstörung holt sie doch ein. Und war sie denn wunderbar die Welt, bei so viel Menschenleid, so viel Tierleid, so viel Zerstörung, sie war doch gar nicht wunderbar, es war doch nur eine Illusion, es ist doch nur eine Illusion, ein buntes Traumgebilde, das im schwarzen Wind der Zerstörung verweht. Es ist doch nur Betrug gewesen, und dabei ist es egal, wer nun betrogen hat und wer nicht, denn am Ende leiden alle Wesen unter dem großen Betrug.

Was soll ich in einem zerstörten Tal machen?, fragte sich Helge.

Wo ist das Heilige hin, wenn die großen Bäume, die großen Fichten alle weg sind?

Ist das Heilige nur ab und zu mal vorhanden, und dann wieder fort, wenn die elementare Zerstörung alles vernichtet hat?

Und wenn MUTTER ERDE alles ist und man sie als Naturmensch achtet und verehrt, was soll man jetzt in spiritueller Hinsicht überhaupt noch tun? Kann man noch singen? Kann man noch beten? Kann man noch trommeln oder mit der Flöte spielen?

Für Helge waren dies sehr wichtige Fragen, aber er wusste, dass es andere nicht interessierte. Im Grunde hatten viele die Natur aus ihrem Weltbild verdrängt, sie waren auf das Menschliche fixiert, die Menschengesellschaft. Die Buddhisten wollen ihren Geist schulen, sie brauchen keine Natur, die Christen und andere wünschen sich das ewige „Leben", was immer das für sie sein mag, sie brauchen auch keine Natur. Die Materialisten brauchen nur Rohstoffe, alles andere schaffen sie ja selbst in Form von Maschinen, Geräten, Technologien und abertausend Dingen. Sie brauchen alle keine Schmetterlinge, keine vielfältigen Insekten, und es ist schon sehr bezeichnend, wie sie mit der Welt der kleinen Lebewesen umgegangen sind und immer noch umgehen. Ihr Menschenrassismus hat sie voll im Griff.

Für die alten Schamanen des Waldes war ihre Welt des Waldes heilig, weil es ihr Lebensraum war, der beseelt war, voller Geister der Natur.

Wo sind die Geister jetzt hin, wenn die großen Fichten fort sind?

Helge wünschte sich eine klare Antwort der Erde. Aber er hörte keine, nur das Rauschen der Radau. Sie floß weiter und weiter. Jetzt im Winter war sie voller Wasser. In den Dürresommern war es nicht immer der Fall gewesen, aber sie war nie total trocken gewesen, im Gegensatz zu schmalen Bächen.

Warum antwortet denn keiner?, ruft, nein, schreit Beckmann am Ende von Wolfgang Borcherts Drama. Warum antwortet denn keiner? Vielleicht kann man am Ende nur schreien. Aber es schreit keiner lange. Schnell wird man stumm, sehr stumm.

„Die Geister sind im Reich der Geister," sagte Red Kite. „Sie sind in ihrer Dimension. Du kannst sie neu herbeirufen. Bei einem kleinen, jungen Baum. Später werden sie sich mehr und mehr auf der materiellen Ebene zeigen. Aber jetzt kannst du sie herbeirufen. Mit deiner Stimme, deinen Gebeten oder mit der Flöte. Eine schnelle Änderung wird es nicht geben, kann es nicht geben. Es ist die Zeit neuer Samen. Die Forstleute, sofern sie aufforsten, können auch nur kleine Minibäumchen in die Erde setzen. Den Rest wird die Natur machen. Die Zeit. Die Jahrzehnte. Es wird alles Jahrzehnte dauern, das ist bei einem Erneuerungsprozess so. Das Alte ist fort. Ist fort und tot und vorbei. Da kannst du nichts mehr machen. Also bleiben nur kleine Samen-Rituale, um es einmal so zu nennen. Allzu lange kann und darf man nicht trauern. In Depression zu versinken bringt gar nichts. Alkohol wäre nur Betäubung. Also kleine Rituale für die Zukunft.

17. Imbolc

Alles am Ende – alles auf Anfang.

Helge bekam den geistigen Impuls, man müsste alles auf Anfang setzen. Heute war Imbolc. Er erinnerte sich an die schönen Lieder von Lisa Thiel.

Blessed Bridget comest thou in
Bless this house and all of our kin
Bless this house, and all of our kin
Protect this house and all within

Blessed Bridget come into thy bed
With a gem at thy heart and a crown on thy head
Awaken the fire within our souls
Awaken the fire that makes us whole

Blessed Bridget, queen of the fire
Help us to manifest our desire
May we bring forth all that's good and fine
May we give birth to our dreams in time

Blessed Bridget comest thou in
Bless this house and all of our kin
From the source of Infinite Light
Kindle the flame of our spirits tonight

Im Grunde war ich immer auf dem Wicca-Weg, dachte Helge. Der Wald, das Meer, die Steine, der Sand, das Feuer, die Jahreszeiten, die Sonne, die Sterne und vieles mehr. Eltern und Lehrer hatten einem ja nichts beigebracht, und heute tun sie es vermutlich auch nicht. Und die

85

alten, verstaubten Bibelstories sind falsche Geschichten, die sie leider immer noch den Kindern erzählen. Schöne, poetische Geschichten braucht man. Brauchen alle, vor allem die Kinder!

Die erwachende Natur in den Schneeglöckchen sehen. Allein das reicht schon. Oder die Kätzchen, die an den Haselnusssträuchern hängen. Oder der Gesang der Meisen in den Obstbäumen, die sich auf das kommende Jahr vorbereiten, schon mal schauen, wo man brüten kann, wo ein guter Platz ist.

Helge musste wieder die Erfahrung machen, dass Leute *Imbolc* nicht kannten oder es sie auch nicht interessierte. Die Verehrung der *Goddess* hat sich in Deutschland nicht etabliert. Ob es in England oder den USA besser ist? In einer patriarchalisch geprägten Gesellschaft kann es keine Achtung und Wertschätzung der *Maiden* geben. Viele junge Mädchen werden gekauft, benutzt und missbraucht? Was treiben die Milliardäre? Helge lief auf seinen grünen Hügel, er wollte sich mit den dunklen Abgründen einer dekadenten Geld-Gesellschaft nicht mehr befassen, denn es zieht einen nur herunter und die Mächtigen ändern doch nichts.

Die junge Natur erwacht immer wieder neu. Das Rad des Lebens wird sich immer drehen. Helge sah einen Hasen übers Feld hoppeln. Es ist schön, wenn man noch einen Hasen sieht.

Schon eigenartig, wie schnell sich die Situation ändert, durch ein wenig mehr Licht. Ein Wendepunkt zum Positiven. Die anderen Kipppunkte werden kommen, wir werden sie ertragen müssen – und doch wird es gleichzeitig die Wendepunkte zum Positiven geben. Bis zum Sommer sind es noch Monate.

Aber schon heute spüren wir, ahnen wir, wie es sein wird, wenn sie ganz erschienen ist, *the Maiden*. Vor Jahren hatte Helge ein Bild von einem alten, heute nicht mehr sehr geschätzten Künstler gefunden. Helge hatte mehrere Variationen davon gemalt. Eigene Deutungen. Das Mädchen der gelben Blume.

Mich interessiert die Gegenwart immer weniger, dachte Helge. Vielleicht muss man in der Vergangenheit nach einem neuen Anfangspunkt suchen, einer neuer Perspektive.

Die junge Frau, die für die *Göttin* steht, zeigt auf eine alte Burgruine. Solche Ruinen gibt es überall in Deutschland. Man kann sie mit alten Zeiten verbinden, in denen die Gewalt und die Willkür herrschten. Man kann sie aber auch, wie es schon die Romantiker taten, mit einem anderen Lebensstil verknüpfen. Treue, Ehre, Erdverbundenheit, Heimat, Verwurzelung, Bescheidenheit, und Keuschheit im Sinne eines sauberen, anständigen Lebens etc. Historiker werden das ablehnen und einen darauf hinweisen, dass die Realitäten andere waren. Sicher, waren sie. Heute sind sie ebenfalls anders, als uns das Werbefernsehen glauben machen will. Es geht außerdem um eine neue Idee, ein neues Ziel. Überall Windräder aufzustellen, um den Energieexzess, die Energiesucht zu füttern, ohne Limit Fremde ins Land zu lassen, noch mehr Technologien zu fördern etc., das ist kein neuer Weg, sondern der alte in den Untergang.

Less is more – so hieß es einmal. *Keep it simple* – so sagte man auch. Aber sie tun alle das Gegenteil, vor allem die Grünen, die sich selbst gerne als Gralsritter stilisieren, die im Grunde jedoch auch nur Natur zerstören wie Gartenbaubetriebe, die sich „Grünes Leben" nennen, aber de facto vor allem Bäume fällen.

Wo ist sie denn, eure Vorstellung einer wirklich natürlichen, naturverbundenen Welt, fragte Helge. Ihr habt doch nichts, gar nichts, schimpfte er, als er über seinen Hügel lief und ihm der kalte Westwind ins Gesicht blies.

*

Abends las Helge wieder im Dostojewski, den er als tief-religiösen Menschen empfand.

„Blicken sie um sich auf die Gaben Gottes! Der Himmel ist so klar, die Luft so rein, die Gräser so zart, die Vögel und die ganze Natur so schön und sündlos! Nur wir allein sind gottlos und dumm und verstehen nicht, daß das Leben ein Paradies ist. Wir brauchen nämlich nur da-

nach zu streben, das zu verstehen, dann wird das Paradies sogleich in seiner ganzen Schönheit erstehen, und wir werden uns unter Tränen umarmen..." Ich wollte noch mehr sagen, konnte es aber nicht. (Karamasow, S.446)

Für viele, um nicht zu sagen für die meisten, ist das Paradies nur ein verlorener Zustand, für immer verloren. Tief religiöse Menschen sehen das jedoch nicht so. Sofern man tief in seinem Glauben verwurzelt ist, kann das Paradies jetzt und hier entstehen. Es entsteht sozusagen durch intensiv gelebte Spiritualität.

Helge sah das Paradies in der Natur. Er nannte es nicht so, denn dieses Wort gefiel ihm schon lange nicht mehr. Man müsste ein neues Wort erfinden, dachte er, aber ihm fiel kein gutes ein. Wie kann man neue Wörter erfinden? Und wann werden sie von anderen angenommen?

Fühlt man das Wirken der Göttin in der Natur, dann wird sie zu einem Paradies, zu einem schönen, harmonischen Gewebe des vielfältigen Lebens. Die Vielfaltnatur ist schön! Die Monokultur hingegen ist hässlich. So gesehen ist es gut und sinnvoll, dass die Monokulturen wieder verschwinden.

Für Dostojewski bestand das Paradies wohl vor allem in einem echten, gelebten Christentum, also einer tiefen Mitmenschlichkeit, so wie bei Lew Tolstoi. Ob es da Unterschiede gab, wusste Helge nicht.

In heutiger Zeit, mehr als 140 Jahre nach Dostojewskis Tod, sehen naturverbundene Menschen mehr das Netz und Gewebe des vielfältigen Lebens. Ist alles stimmig, harmonisch und ausgewogen, dann ist es das Paradies. Irreale und absolute Vorstellung einer Super-Perfektion helfen nicht weiter. So war das Paradies nie, so wird es nie sein. Wer mit einer absoluten Vollkommenheitsvorstellung kommt, will eigentlich nur abwehren, will nichts hören von einem Paradies.

Zur Vielfaltnatur gehören immer auch die Vergänglichkeit, der Tod und das Verschwinden. Der Kreislauf der Natur funktioniert nur auf diese Weise.

„Liebt die ganze Schöpfung Gottes, das Weltall wie auch jedes Sand-
körnchen! Liebt jedes Blättchen, jeden Lichtstrahl Gottes! Liebt die Tiere, liebt die Pflanzen, liebt jedes Ding! Wenn du jedes Ding liebst, wirst
du das Geheimnis Gottes in den Dingen erfassen. Und wenn du es einmal erfasst hast, wirst du es immer mehr und tiefer erkennen, unaufhör-
lich, Tag für Tag. Und du wirst schließlich die ganze Welt mit allumfassender Liebe liebgewinnen. Liebt die Tiere! Ihnen hat Gott einen Anfang des Denkens gegeben und eine harmlose Lebensfreude. Trübt ihnen diese Freude nicht, quält sie nicht, nehmt ihnen nicht die Freude,
handelt nicht der Absicht Gottes zuwider! Mensch, überhebe dich nicht
über die Tiere: Sie sind frei von Sünde, du jedoch in all deiner Herrlich-
keit besudelst die Erde durch dein Erscheinen und hinterlässt eine
schmutzige Spur – fast ein jeder von uns tut das! Liebt ganz besonders
die Kinder, denn auch sie sind frei von Sünde wie die Engel! Sie leben
zu unserer Rührung, zur Läuterung unserer Herzen, als Hinweis für
uns, wie wir werden sollten. Wehe dem, der einem Kind etwas zuleide
tut!" (Karamasow, S.476)

„Ein Jüngling, mein Bruder, hat einmal die Vögel um Verzeihung gebeten. Das scheint sinnlos und ist doch in der Ordnung, denn alles ist
wie ein Ozean, alles fließt und berührt sich; an einer Stelle rührst du etwas an und am anderen Ende der Welt findet es seinen Widerhall. Und
selbst wenn es sinnlos sein sollte, die Vögel um Verzeihung zu bitten –
die Vögel und die Kinder und alle lebenden Wesen würden sich doch in
deiner Nähe wohler fühlen, sowie du freundlicher und liebenswürdiger
bist als jetzt, sei es auch nur ein ganz klein wenig. Alles ist wie ein Ozean, sage ich euch. Du könntest also, von allumfassender Liebe getrie-
ben, in einer Art von Begeisterung auch zu den Vögeln beten und sie
bitten, dir deine Sünden zu verzeihen. Halte diese Begeisterung hoch, so
sinnlos sie auch den Menschen erscheinen mag." (S.477)

„Auf der Erde gehen wir gleichsam in die Irre, und hätten wir nicht
das kostbare Vorbild Christi vor Augen, würden wir ganz in die Irre geraten und zugrunde gehen wie das Menschengeschlecht vor der Sintflut.
Vieles auf Erden ist uns verborgen, aber als Ersatz dafür ist uns das stil-

le, geheime Gefühl gegeben, dass uns ein lebendiges Band mit einer anderen Welt verknüpft, mit einer höheren, himmlischen Welt. Auch die Wurzeln unserer Gedanken und Gefühle liegen nicht hier, sondern in anderen Welten. Das ist auch der Grund, weshalb die Philosophen sagen, dass wir das Wesen der Dinge auf Erden nicht begreifen können. Gott nahm Samenkörner aus anderen Welten und säte sie auf dieser Erde, und es wuchs sein Garten, und es ging alles auf, was aufgehen konnte. Leben und lebendig sein kann das Aufgegangene aber nur durch das Gefühl seiner Berührung mit anderen geheimnisvollen Welten.“ (Karamasow, S.478)

Ich würde es anders ausdrücken, dachte Helge. Die Göttin ist die große Schöpferin, die kreative Kraft, die umfassende Natur. Alle ihre Wesen gilt es zu achten und zu lieben. Alle ihre Wesen gilt es wertzuschätzen. Ihr Leben und ihr Sein zu achten.

Manches mag uns nicht gefallen, wie das Töten der Raubtiere, aber auch das müssen wir akzeptieren, es ist nun einmal so. Betrachten wir alles mit liebendem Herzen, sind wir mit einer schönen und harmonischen Welt verbunden, oder wie Dostojewski schreibt, „mit einer höheren, himmlischen Welt“.

Mein „Vorbild“ ist kein Märtyrer aus lange vergangenen Zeiten, sondern die Göttin in Gestalt der Jungfrau, im Aspekt der „Maiden“. Sie erneuert sich jedes Jahr.

Das kann man denken, das kann man sagen, darüber schreiben, Bilder malen, es hat nur keine Bedeutung und Wirkung in einer von technologischen Geistern beherrschten Welt. Technik ist ihnen wichtig, keine alte Göttin, als Fruchtbarkeit und wieder ein neues Kind noch ein Wunder war, eine Hoffnung, eine Verheißung. Heute ist alles funktionalisiert, alles mit Maschinen verbunden, wird längst von Maschinen kontrolliert. Die Maschinen herrschen längst. Der Mensch ist längst zu einer Marionette der Maschine degradiert. Er will es nicht wahrhaben, er will sich etwas vormachen. Sie verehren keine Göttin wie ich, dachte Helge. Sie lachen nur darüber, sie drehen sich weg und sagen: *ach, dieser Träumer.*

Leben wir in der Zeit der Schwarzen Göttin, fragte sich Helge, als er die Baumstümpfe am Rand eines kleinen Gebirges betrachtete. Unten hatten sie unendlich viele Tonnen von Atommüll in Schächte geschmissen. Wahrlich geschmissen. Die alten Baumstümpfe waren feucht und schwarz. Schwarze Wunden. Manche waren groß. Einst standen hier große, starke Bäume. Sie sind fort. Die Baumstümpfe sind überwuchert von Moos, Efeu und Brombeerranken. Poesie des Todes. Man kann es als Poesie des Todes verstehen, aber das hilft nicht gegen den Schmerz der Trauer. Lieber wären ihm große, starke Bäume.

Den großen Bäumen, die noch da sind, geht es nicht gut. Sie leiden alle. Sie sehen alle nicht gut aus. Sie werden vielleicht alle sterben. Allein daran kann man erkennen, wie krank die Welt geworden ist.

Wir leben in einer Zeit der kranken Welt.

Wer das Geld anbetet, der betet den Tod an, dachte Helge. Sie merken es gar nicht, sie wissen es nicht. Sie denken ja noch, es wäre das Leben, das sie feiern, aber das Gegenteil ist der Fall.

Es ist schrecklich, wenn man einmal den Blick auf die vielen, alten großen Baumstümpfe fixiert. Es gibt so viele von ihnen! Jeder war einmal ein großer, stattlicher Baum gewesen, eine Buche, eine herrliche Buche.

Den Eichen neben dem schmalen Weg geht es ebenfalls nicht gut. Manche sind bereits gestorben. Weitere werden folgen.

Wann werden wir wieder eine Zeit der starken, gesunden Eichen haben?, fragte sich Helge. Oder ist die Zeit für immer vorbei, weil der Mensch, der homo technologicus, den Planeten verdorben oder so umgestaltet hat, dass es ein Planet für Maschinen wird, ein science fiction Planet für intelligente Maschinen, die alles selbst können und machen und am Ende keine Menschen mehr brauchen?

Mir sind die Eichen lieber.

Unter einer Eiche kann man zur Göttin beten, unserer Göttin, oder auch zu unserem Gott, unserem germanischen. Wir waren einst Menschen des Waldes wie die Indianer am Amazonas. Man hat die heiligen Eichen abgehauen. Man wollte, dass wir auch den Mammon anbeten. Den Gott des Geldes. Weg damit, müssen wir sagen, weg damit.

Wieder neu anfangen, unter einer Eiche. Einer alten oder einer jungen, es ist egal, wir müssen neu die Verbindung suchen zu den alten Göttern, die dann wieder die neuen sein werden, Götter des Lebens, des grünen Lebens im Wald und in den Gärten.

Forstwirtschaft, Monokultur auf den Feldern und tote Ziergärten mit viel Schotter sind nicht die Welt der Göttin. Nein, dort kann keine Göttin zuhause sein, und keine Tiere, keine Insekten. Dort herrscht der Tod.

Wieder neu anfangen, auch wenn der Schmerz wegen der Verstorbenen nicht aufhört, nicht aufhören kann. Die Wunde wird bleiben, für immer. Wieder neu anfangen unter einer Eiche.

18. Fließendes Wasser

Während der Dürrejahre hatte Helge die kleinen Bäche beobachtet, wie sie immer mehr austrockneten, immer stummer wurden bis sie nur noch eine trockene Rinne waren.

Jetzt, Anfang 2022, hatte er ein Tal entdeckt, in dem das Wasser rauschte. Wie herrlich konnte es sein, rauschendes Wasser zu erleben! Prall gefüllte Bäche zu sehen!

Wie alle so hatte auch er von Flutkatastrophen gehört und Bilder gesehen. Wasser konnte schrecklich verwüsten. Ganze Landstriche und Existenzen vernichten. Ein paar Stunden nur, und alles ist zerstört. Das Leben der Menschen, ihre Heimat, alles, auch die Heimat der Tiere, der Pflanzen, einfach alles total komplett zerstört.

Aber für ein ausgetrocknetes Gebirge kann viel Wasser eine Erholung sein.

Am Ende geht es immer um das Maß, dachte Helge. Ein Wort, das viele nicht mehr kennen. Maß. Sie kennen nur die Maßlosigkeit, sie wollen nur die Maßlosigkeit. Ihr endloses Wachstums. Besessen sind sie davon wie Süchtige von Heroin. Wachstum Wachstum, Wachstum. Der Krebs des Menschen wuchert herum. Die Welt ist voller Metastasen. Überall wuchert es. Nicht einmal die GRÜNEN sprechen davon, die anderen sowieso nicht. Sie denken, sie können den Krebs wandeln, in eine wunderbare Transformationsgeschichte. Das wird dann ihre letzte Illusion sein, rief Helge den Fichten zu. Ihre allerletzte!

Er betrachtete die großen Fichten im Tal, und die kleineren, die mittelgroßen. Seltsam, in diesem Tal schien die Dürre keine Spuren hinterlassen zu haben.

Die Fichten waren grün und das Wasser rauschte.

Kürzlich hatte er das Singen neu entdeckt, nachdem er für Jahre verstummt war. Perfektionisten hatten es ihm mit ihrer Kritik verdorben. Viele Lieder hatten ihm nicht gefallen, sie waren für ihn nicht die richtigen, drückten keine Spiritualität der Erde aus.

We all come from the Goddess
and to her we shall return
like a drop
  of rain
flowing to the ocean

Der Chant stammt aus der Wicca-Tradition. Beispiele finden sich bei Youtube. Chants muss man lange singen. Der Text verändert sich nicht, aber man kann ihn selbst verändern, wenn man es möchte, oder einem etwas beim Singen einfällt. Einfach so. Es kommt auf keine perfekte Performance an, sondern auf die spirituelle Verbundenheit mit der Erde, dem Wasser, mit der ganzen Natur.

Die Göttin ist ja nicht nur die weibliche Version, die von vielen verachtet wird, weil sie im Kopf immer noch auf die Männermacht fixiert sind. Sie ist ein gänzlich anderes Konzept. Sieht man die ganze Natur als göttlich und heilig an, kann man keine Zivilisation durchziehen wie die gegenwärtige, die auf Gewalt basiert, vor allem finanzieller Gewalt, Gewalt der Maschinen, Gewalt des Dynamits, Gewalt des Stroms, von dem sie immer mehr wollen, immer noch mehr, weil sie eben süchtig sind. Jetzt wollen sie sogar Ackerflächen für Photovoltaikanlagen nutzen. Wo sollen die Kartoffeln wachsen? Und Windräder im Reinhardtswald. Die GRÜNEN sind auch nur Idioten, schimpfte Helge. Er konnte laut schimpfen, es hörte ihn keiner. An einem regnerischen Tag ist man allein im Wald. Außerdem rauschte das Wasser sehr laut. Lauter Idioten! Ihre Sucht ist das Idiotische, ihre Gier, ihre Fixierung auf Wirtschaft, auf Geld, auf tolle Posten. Wenn es ums Geld geht, haben alle nur eine Religion, hatte Voltaire gesagt. Wenn es um Posten geht, haben alle nur ein Interesse.

Die Göttin ist eine Gegenwelt.

Die Göttin an der Krodoquelle

Aber wie soll sich die Natur erneuern, fragte sich Helge, als er im Krodotal, einem kleinen abseitigen Tal, die vielen herumliegenden Bäume betrachtete. Viele tote Bäume waren umgesägt worden, damit sie nicht auf die Wege fallen können. Es sah desolat aus. Chaotisch.

Man kann es sich immer wieder sagen. Nach dem Sterben kommt neues Leben. Früher oder später. Da jedoch die eigene Lebensspanne zu kurz ist, kommt für den Menschen, der den Untergang erlebt, nur der Tod, nur das Ende, das endgültige. Es ist eben aus und vorbei mit dem alten Wald.

Das andere Tal, das er vor kurzem entdeckt hatte, war ihm kein Trost.

Da es viel geregnet hatte, rauschte auch im Krodotal ein Bach. Und eine Quelle sprudelte ebenfalls. Aber nicht weit davon entfernt stand ein neueres Bauwerk, das wie ein kleiner Bunker aussah, aber offensichtlich der Wasserwirtschaft diente. Aus dem Tal holen sie Wasser für die Stadt. Das hat für sie Priorität. An der Quelle sah er keine Spuren von Verehrung oder Ritualen. Ein Schildchen hatte jemand angebracht. Offensichtlich eine private Person, nicht die Stadt.

In der hinteren Ecke des Tales standen alte Häuser. Kleine Villen im alten Stil von vor über 70 Jahren. Heute baut so keiner mehr. Etwas poetisch, etwas verspielt mit Verzierungen. Heute wirken diese Häuser archaisch, dabei wurden sie vielleicht 1935 oder 1925 gebaut. Helge wusste es nicht.

Die neueren Häuser waren ihm ein Gräuel. Sie waren alle weiß und wirkten kalt. Natur wollte man nicht. Nur einen Einheitsrasen. Keine Bäume, keine Beete, denn die verursachten nur Arbeit. Ein bisschen Teppichrasen, ein wenig Schotter, das ist ihre Vorstellung von einer Grünanlage. Bei einem der alten Häuser sah er einen hohen Lebensbaum, der dort schon seit vielen Jahrzehnten in die Höhe wachsen durfte. Man hatte ihm nicht den Kopf abgehauen, was bei vielen ja so beliebt geworden ist. Da pflanzen sie erst Lebensbäume, denen sie dann die Köpfe abhauen. Was sind das nur für Leute! Man sieht das überall!

Wie soll sich Natur erneuern, wenn sich die Menschen so verhalten?

Auch in einem dritten Tal, das Helge besuchte, floss sehr viel Wasser.

Rauschendes Wasser. Meist hatte der Bach nur wenig Wasser in den letzten Jahren, aber in diesem Frühjahr war es ganz anders. Weiß schäumendes Wasser schoss über die dunklen Felsen. Wie anders es doch sein kann. Aber Wasser kann auch schnell zu viel werden, Bäche und Flüsse können übers Ufer treten und Schäden verursachen.

Am Beginn des Tales lagen Fichtenstämme. Man hatte eine Reihe der toten Fichten abgesägt. Am oberen Ende des Tales standen noch die toten Fichten. Bei diesem Besuch des Tales waren Helge zwei vitale Fichten aufgefallen, die eng beieinander standen, wie ein Paar. Mögen die zwei überleben, dachte er. Da stehen sie, im Wald, zu zweit allein, wie wir zwei, Marianne und ich, dachte Helge, und sagte es auch.

So vieles hatte sich in den letzten fünf Jahren geändert. So viele Bäume waren gestorben, so viele unschöne Änderungen zum Hässlichen, zum Öden hin. Wie soll man alles verkraften?

Manche haben total resigniert, andere verharmlosen und wollen es sich schön reden. Viele wollen nichts mehr hören! So geht Kommunikation den Bach hinunter, wenn sie es nicht ohnehin schon ist. *Dazu kann ich nichts sagen. Dazu will ich nichts sagen. Lass mich damit in Ruhe.*

Auf einem alten Baumstumpf standen zwei kleine Fichten. Werden sie eine Chance haben? Wie hoch und wie lange werden sie wachsen können? Jetzt formen sie ein hübsches, poetisches Bild der Erneuerung.

Die GÖTTIN ist ja nicht nur das SCHÖNE, dachte Helge. Da sie die NATUR schlechthin ist, hat sie eben auch die dunkle, die hässliche Seite. Die viele Zerstörung im Wald ist die dunkle Seite. Ich kann nichts machen, ich muss es hinnehmen.

„Es ist vielleicht sehr schwer, die dunkle Seite zu akzeptieren," sagte Marianne. „Wir sagen es so leicht hin, die Göttin hat drei Aspekte, die weiße, die rote und die schwarze. The Maiden, the Mother, the Crone. Das junge Mädchen, zart und unschuldig wie ein Schneeglöckchen, die Mutter des Lebens, die Leben gibt und nährt – aber dann die Alte, das dunkle böse Weib, wenn man so will, die Zerstörung, die Vernichtung, der Tod."

„Es ist wie bei den Vulkanen, die das Leben auf der Erde sehr mitbestimmt und mitgestaltet haben, und es immer noch tun im endlosen Prozess von Leben und Tod. Sind sie weiß und still wie der Fuja, dann sehen sie edel aus und niemand ahnt etwas Böses. Erwachen sie aber, speien sie Asche, Feuer, Steine, Gase, dann bringen sie Vernichtung und Tod. Kürzlich konnten wir das sehen, auf La Palma. Unmengen von schwarzer Asche. Häuser und eine ganze Landschaft verwüstet. Später blüht und entwickelt sich wieder das Leben."

„So ist es. Immer im Wechsel. Immer wieder neu. Die drei Aspekte der Göttin sind die drei Gesichter der Natur. Das sind einfach die Tatsachen, und sie bleiben es für alle Zeiten. Wir können es nur hinnehmen."

19. Wanderung im toten Wald

Vor ein paar Jahren noch ein schöner, dunkler Fichtenwaldweg

Blick vom Gipfel der Kattnäse am 30.3.2022

Medizinrad im Vordergrund – oben Gipfel der Kattnäse

Stumpf einer vor Jahren mächtigen Fichte am Fuß der Kattnäse

Die Kattnäse

vor ein paar Jahren noch
ein magischer Berggipfel
mit starken Fichten und Felsen

die großen Fichten sind fort
nun ist es ein Totenwald
Neues wächst langsam heran

aber der alte Zauber ist
fort und vorbei
für immer verschwunden

warum geschieht Zerstörung?
Immer wieder stellt man
die Frage nach dem Sinn

es gibt keine schöne Antwort
abgebrochene Stämme
und Stümpfe überall

die gelegten Steine im Kreis
sie haben nichts bewirkt

Wenn der Wald gerade abgestorben ist und viele Bäume gefällt worden sind, wenn die großen, langen Holzstapel neben den Wegen liegen, dann hat man das Gefühl, in einem Totenwald zu laufen. Man denkt an die früheren Zeiten.

Wenn man alt geworden ist, und die neue Zeit nicht schön ist, sehnt man sich in die alte Zeit vor der großen Zerstörung des Waldes zurück, dachte Helge, aber er wusste, dass der Fichtenwald kein richtiger, kein natürlicher Wald gewesen war. Der würde jetzt erst kommen.

Helge stieg zu den Ziegenrückenklippen hinauf, um zu sehen, wie der Wald jetzt aussieht. Die Wunden waren noch zu sehen, aber sie sahen nicht mehr so fürchterlich aus, denn alles war grün geworden. Birken und sehr viele Ebereschen. Hin und wieder eine Ecke mit kleinen, jungen Fichten, eine Kinderstube kleiner Bäumchen.

Wenn man den Wald in Ruhe lassen würde, dann würde er sich neu gestalten, so wie es die NATUR für richtig hält, und nicht der MENSCH. Nicht der Mensch ist das Maß aller Dinge, sondern die NATUR, dachte Helge. Aber der heutige Menschentypus ist in der Mehrheit noch lange nicht so weit, dass er das begreift und dass er es auch akzeptiert.

Vor Jahren lagen die Felsen versteckt und behütet im Wald. So mancher Wanderer ist sicher nur an ihnen vorbei gelaufen. Jetzt werden sie von der Sonne beschienen. Eine besondere Ecke stand nach wie vor unter vielen Birken. Der Zugang war jetzt schwierig geworden.

Helge besuchte nur eine markante Felsengruppe auf einer der Anhöhen. Dort machte er ein Foto von sich und den magischen Felsen.

Weiter auf dem Weg Richtung Süden entdeckte er eine alte Ritzung auf einem Stein mit einem heute verbotenen Symbol. Wann mag das gewesen sein?

Bei einer Felsengruppe, unter der es eine kleine Höhle gab, machte er ein Ritual. Möge sich der Wald erneuern! Möge es ein neuer, starker Wald werden!

20. Neustart mit der Göttin?

Kann es einen Neustart mit der GÖTTIN geben?

Ein sanftes, lassendes Prinzip der Natur?

Jeder weiß, dass es böse und dunkle Seiten der Natur gibt, oder nennen wir sie gewalttätig, brutal, rücksichtslos, oder auch nur physikalisch. Es wird also niemals eine nur schöne und sanfte Welt geben. Die Gegensätze und Polaritäten der Natur und des Universums verhindern das.

Man muss es selbst leben. So gut es geht.

Mehr ist nicht, mehr gibt es nicht. Wer auf den großen Eingriff von oben, von außen, von außerhalb wartet, der wartet vergeblich. Es greift keiner ein. Es gab bisher keine Götter, die auf der Erde Ordnung schufen, den Krieg beendeten, den Streit und die Gewalt. Es liegt also nur an uns, ob wir das Prinzip leben oder nicht.

Die Göttin, das bedeutet keinen absoluten, total gültigen Anspruch, den alle übernehmen müssen oder sollten. Es ist nur ein Weg, nur eine Perspektive auf die Natur. Nur ein Gesicht, wenn man so will.

In allen Kulturen war man immer zu sehr von einem totalen, endgültigen Anspruch besessen. Zu allen Zeiten. Und zu allen Zeiten wollten das herrschende Klassen durchsetzen.

Wer die poetische Weltsicht der Göttin vertritt, mag nur ein Träumer sein. Aber besser das, als am Spiel mit Gewalt teilzunehmen, ob nun als Akteur an der Börse oder als einfacher Konsument, der alle Genüsse der Welt für sich kaufen und haben will.

Die Idee der Göttin ist eine romantische Weltsicht. Sie ist und bleibt ein Gegenentwurf. Wenn man so will, sogar eine andere Welt als das vorhandene, physikalische Universum.

Wenn der Löwenzahn blüht, beginnt das Frühjahr richtig und intensiv. Überall kann man die gelben Blüten sehen. Bei den Fanatikern des monogrünen Rasen ist der Löwenzahn verhasst. Aber er blüht weiter und weiter, er wird immer weiter blühen. In jeder Ecke. An jedem Straßenrand. Er ist ein starker Überlebenskünstler im Reich der Pflanzen. Außerdem ist er noch ein heil- und Nahrungsmittel.

Man sollte vielleicht einmal ganz bewusst auf die Löwenzahnblüten achten, wenn man durchs Dorf geht, dachte Helge. Aber selbst in der Stadt findet man ihn. Am Ende bleibt die wilde Natur immer die Gewinnerin, gegen uns, gegen alle Vernichtungsversuche, gegen unseren Menschenwahn einer kontrollierten Umwelt. Was für eine Hybris! Besser wäre es, es endlich sein zu lassen. Lasst es doch endlich sein!

Der wichtigste Wert der Religion der Göttin ist die **Schönheit**, nicht die Wahrheit, nicht das Gute, nein, die **Schönheit**. Die Wahrheit ist zu nüchtern, zu kalt, zu neutral, das Gute zu moralisch und zu abstrakt. Das Bedeutet aber nicht, das es nicht auch um beides geht, um Wahrheit und das Gute. Selbstverständlich soll es auch wahr sein, soll es auch gut sein.

Aber die Liebe der Göttin gehört der **Schönheit**.

Die **Schönheit** ist mehr als nur Ästhetik, sie ist vor allem Harmonie, Balance mit den Kräften der Erde, tiefe Verbundenheit mit der Mutter des ganzen Lebens.

Im Verhältnis zur klassischen griechischen Kultur wissen wir doch gar nicht mehr, was das ist. Verglichen mit den riesigen Eichen, wie es sie vor Jahrhunderten gegeben hatte, haben wir alles verloren.

Als Helge „Katzi", die Besuchskatze, betrachtete, dachte er, das ist sie, das ist **Schönheit**. Von welchem Menschen kann man das schon sagen? Sie sind so reich, haben so viel Wohlstand, sind dick und fett, die Deutschen, bilden sich so viel ein, auf ihr dickes Auto von Merzedes oder Audi, aber schön, nein, sie sind nicht schön. Nicht einmal die Autos sind schön, nur grau und weiß und schwarz. Ihre Häuser sind auch nicht schön. Nichts ist schön. Sie wissen gar nicht, was das ist.

Der Löwenzahn ist schön. Er weiß, was **Schönheit** ist, und deshalb kann er sie schaffen. Der kreisende Milan am Himmel weiß es, und die singende Lerche hoch oben am Himmel weiß es auch. Und der Zitronenfalter, der durch den Garten tanzt.

Als Helge nach den Wintermonaten wieder seinen Burgberg besuchte, seinen von den Dürrejahren geschundenen Burgberg, um die Lage zu überprüfen, stellt er fest, dass alle Eichen auf der Westseite nur noch tote Gerippe waren. Das war einmal ein Eichenwald!

Viele der hohen Buchen waren stark geschädigt. Schon seit vielen Wochen hatte es nicht mehr richtig geregnet. Ohne Regen kein Pflanzenleben, ohne Regen keinen Neubeginn. Wie soll auch etwas neu beginnen, wenn es keinen Regen gibt? Es ist alles so desolat, so furchtbar desolat, aussichtslos ist es.

Aber das will keiner hören. Und wenn man es jemandem erzählt, wird darauf nicht eingegangen. Man verdrängt lieber. Glaubt womöglich noch der Regierung, dass sie das Klima schützen will, wo sie doch Milliarden für den Krieg in der Ukraine ausgibt und ausgeben will, für einen Krieg, der nicht unser ist, aber der unser Krieg sein soll, weil die Amerikaner, diese „Herrscher der Welt", es so wollen, weil sie Russland bekämpfen und am Ende zerstören wollen. Da interessiert das Klima momentan einfach nicht. Das muss man einsehen.

Aber ich sehe, wie die Bäume leiden, sagte Helge zu sich, als er über den Burgberg lief. Sie leiden Durst, großen Durst.

Er lehnte sich an einen Buchenbaum, rief zur Göttin, fühlte sich gleichzeitig völlig schwach und ohnmächtig. Es hilft alles nichts. Vor zwei Monaten gab es in ein, zwei Wochen recht viel Wasser – und jetzt ist es wieder nichts, absolut nichts, nur Trockenheit.

Wie erfindet man eine Göttin des Regens?

Kann man das überhaupt?

Sind wir nicht alle so wissenschaftsorientiert, dass wir nur an den Wetterbericht eines Meterologen glauben?

Am Fuße einer Buche entdeckte Helge einen Runenstein, den er dort im vergangenen Herbst gelegt hatte. Ein roter Kreis mit einem Kreuz darin, das elementare Zeichen des indianischen Medizinrades. Dabei hatte er das seltsame Gefühl, es wäre gar nicht von ihm selbst, sondern von einer anderen Person.

Heilige Mutter des Wassers, schick uns sanften Landregen, damit der Boden feucht wird, und die neuen Pflanzen ihren Durst stillen können.

Die Göttin im Wald

Für den kommenden Sonntag sind 0,9 Liter pro Quadratmeter angekündigt. Angekündigt, denn morgen kann es schon wieder anders sein, und oft ist es das. Für viele Tage danach: nichts. Keine Regenaussichten! Und das Anfang Mai, wo alle Pflanzen Wasser brauchen, wo das Leben Wasser braucht. Helge fühlte eine unendliche, erstickende Ohnmacht in sich.

Den Schönwetterfanatikern ist das egal, dachte Helge. Sie wollen nur im Café sitzen und herumschwatzen. Was mit den Blumen ist, ist ihnen egal. Was mit den Bäumen ist, ist ihnen egal. Was mit den Insekten und damit mit den Vögeln wird, ist ihnen völlig egal. Nur ihr Kaffee ist ihnen wichtig, nur ihr Kaffee. Und das Herumschwatzen. Ach ja, und das fixierte Gaffen auf ihr Smartphone, das auch.

Schönes Wetter ist ausgewogen. Ausgewogenes Wetter ist schön. Die Göttin steht für die Schönheit, und sie steht für die **Ausgewogenheit**. Ein Wert, der dem heutigen Menschen völlig fremd geworden ist. Er weiß nicht mehr, was das ist, so sehr hat er sich auf Wege der Expansion und der Eskalation begeben. Immer mehr, immer mehr dies, immer mehr das, egal, was es sein mag, es ist falsch, weil das Immer-mehr grundsätzlich falsch ist. Nur die **Ausgewogenheit** bringt Heil.

Die Natur macht es vor. Wenn sie mal zu extrem geworden ist, dann muss sie manchmal drastisch etwas ändern, drastisch reduzieren, um wieder in eine **Ausgewogenheit** zu kommen. Sie wird die Menschheit drastisch reduzieren, gnadenlos, ohne Rücksicht auf den Einzelnen. Sie kennt da keine Rücksicht. Sie vernichtet einfach, macht gleich wie der Tod. Sie kennt kein Mitgefühl, denn ihr geht es um das ganze Leben, den ganzen Lebenskreis, und wenn eine Spezies stört, dann muss sie weg, so einfach ist das.

Von Nachhaltigkeit hört man öfters, aber im Grunde tricksen die Menschen herum, indem sie etwas nachhaltig nennen, was es gar nicht ist, denn sie sind nach wie vor total auf die Ausbeutung fixiert. Sie waren und sind Ausbeuter der Natur. Wie sollen sie da die **Ausgewogenheit** verstehen? Sie können es weder kognitiv noch emotional, und spirituell schon gar nicht. Der Mensch ist sowieso kein spirituelles Wesen, dachte Helge. Macht und Gier und die Sucht nach Genuss. Darum dreht sich das Rad des Wahnsinns. Die Spirale des Irrsinns.

Balance – das war ein Begriff, ein Wert, den Helge von seinen indianischen Studien her kannte. Der Mensch muss als Teil der Natur in Balance mit der Umwelt leben, mit der ganzen Welt also, denn im indianischen Weltbild gibt es keine Umwelt. Alles ist Umwelt, alles ist Welt, alles gehört zusammen.

Wie weit man davon doch heute entfernt ist, dachte Helge. Und es ist noch viel schlimmer. Sie begreifen nicht annähernd, wie weit sie davon entfernt sind. Die Folge davon ist, dass sie nicht wirklich etwas ändern wollen. Sie wollen Macht, Einfluss, Wirken des Menschen nicht reduzieren – schon gar nicht die Anzahl der Menschen.

Man stelle sich mal vor, es gäbe nur Raubtiere auf der Erde, Löwen oder Tiger zum Beispiel, und die würden alles für sich und nur für sich beanspruchen. Sie würden sich andere Tiere in großen Käfigen halten, z.B. Menschenaffen, um sie auffressen zu können. Eine absurde Vorstellung. Aber genau so ist der Mensch, so ein Raubtier, das alles für sich will, alles.

Der indianische Mensch, der Naturmensch, der mit der ganzen Natur verbundene Mensch, der idealisierte Indianer, wenn man so will, dieser Mensch würde die Balance betonen.

Live in balance with Mother Earth, würde Black Elk sagen.

Be always in balance with nature, würde Black Elk sagen.

Es kommt aber nicht darauf an, was er sagen würde, oder ob irgendein Indianer das vor Jahrhunderten gesagt hat oder nicht, sondern es kommt auf das gelebte Leben an. Es wäre schlicht und einfach das alltägliche Leben.

Living in balance.

Being in balance.

Es wäre also das normale Sein des Menschen von Mutter Erde. Das ganz normale Sein. Das englische Wort „living" müsste man vielleicht mit „immer so lebend" übersetzen. Immer im Einklang lebend sein.

Aber der Mensch befindet sich in einem Kampf mit der Natur, dachte Helge. Einem Kampf auf Leben und Tod. Der Mensch will mehr, als ihm zusteht. Mehr Macht, mehr Genuss, längeres Leben. Alles will er mehr. Er ist trotzig, will nicht zurückstecken, will den Tod und das Vergehen nicht akzeptieren. Er will kein einfaches, bescheidenes Leben, sondern ein Schlaraffenlandleben. Ein wunderbares Konsumleben, das will er.

Er müsste sich Mutter Erde unterordnen. Ihr gehorchen. Sich einordnen, integrieren in den Kreislauf des Lebens.

Da der Mensch von einer kollektiven Psychose befallen ist, ist jeder Appell sinnlos. Süchtige können nicht hören. Besessene können und wollen ihr Leben nicht ändern. Sie schreien und toben herum. Oder sie tricksen, wollen tricksen, um ihre überzogenen Ansprüche zu retten. Oder, wenn sie intellektuell sind, dann reden sie und reden, aber am Ende bringen die ganzen Diskussionen gar nichts, weil die falschen Grundeinstellungen nicht geändert werden. Die überzogenen Ansprüche, die ganze Hybris.

Hinter den Geboten der Religionen, egal welchen, steht immer diese Unterordnung und Einordnung in den Kreis des Lebens, aus dem der Mensch durch seine Gier, seinen Blutrausch gefallen ist. Wer mehr Tiere tötet, hat mehr Fleisch und mehr Leben. So dachte man. Wer mehr Geld hat, hat mehr Leben, so denkt man. Je mehr Gold, desto besser. Aber alles ist begrenzt, auch das Essen. Die Psychose des Menschen hat schon vor vielen Jahrtausenden begonnen. Jetzt, da sie global geworden ist, ist sie an ihr Ende gekommen.

Wie kann es einen Neustart mit Mutter Erde geben?

Man muss die Erde lieben. Seine Erde. Seine Heimat.

Also konkret die zwischen Harz und Heide. Oder auch nur die Heide, oder nur den Harz. Ein Umkreis von 10 bis 20 Kilometern reicht. Darum kann man sich kümmern. Darum muss man sich kümmern. Es fängt im eigenen Dorf an, aber die Widerstände und die Unwilligkeit sind schon dort vorhanden.

Wie erreicht man einen sozialen Konsens? Es muss ein gemeinschaftliches Anliegen sein. Einer reicht nicht. Ein einzelner Mensch reicht nicht.

„Wie erreicht man einen Konsens?," fragte Helge.

„Durch eine gemeinsame Stimmung," meinte Marianne. „Nicht durch Diskussionen, schon gar nicht dadurch, dass einer bestimmt."

„Und was könnte sie heute sein, die Göttin? Wie könnten wir sie nennen?"

„Die alten Namen haben ausgedient. Sie hatten ihre Zeit. Wir brauchen neue Namen. Wir müssen sie auch nicht benennen wie einen Menschen, denn das Universelle ist immer viel mehr als ein einzelnes Individuum."

„Maria?"

„Ja, und nein," sagte Marianne. „Unsere Vorstellung muss universell sein. Wenn sie ausgrenzt, wird sie falsch. Die einzelnen Buchstaben könnten für etwas stehen. M für die Mutter, das Mütterliche, mit dem alles beginnt. A für den Atem des Lebens schlechthin, für die Luft, unserem Lebenselement, das wir zu sehr verbrennen. R für das Richtige und Rechte, das wir schon lange verloren haben. Für das Gefühl, was das Richtige ist, was Recht ist oder Gerechtigkeit, weil die Gier uns den Blick verstellt. I für die Inspiration, die uns fehlt, die Verbindung zum Geistigen. Niemals darf das nur eine Sicht sein, eine beschränkte Ideologie. Und das zweite A für den neuen Anfang, für die Artenvielfalt."

MARIA

Mutter – **A**tem – das **R**ichtige – **I**nspiration – **A**rtenvielfalt

„Die wir mal wirklich achten und schätzen müssen, von ganzem Herzen, wie man so sagt," ergänzte Helge.

„Genau, von ganzem Herzen. Nicht mit dem Verstand, nicht mit dem Kopf. Das ist viel zu wenig, das reicht überhaupt nicht aus. Da muss das Gefühl einer tiefen Achtung und Wertschätzung sein. Das muss einfach vorhanden sein, ohne Überlegungen, ohne Diskussionen. Es muss entstehen und nie mehr verloren gehen."

„Wie schaffen wir das?"

„Indem wir offen sind. Indem wir bereit sind und auf den Ruf der Mutter hören."

„Was kann das sein?," fragte Helge. „Und wo?"

„Überall. Alles kann es sein. Eine Blume, die uns auffällt, der Gesang eines Vogels. Es bedarf nur der Offenheit des Herzens. Wer nicht offen ist für die universelle Liebe, der wird sie nicht erfahren."

„Da habe ich bei vielen leider wenig Hoffnung," meinte Helge. „Sie sind Gefangene ihrer Spur, ihres Programms, ihrer Konditionierung und Programmierung."

„Ja, ich weiß. Es ist fatal. Aber dennoch. Weiches Wasser bricht den Stein, so hieß es mal. Früher oder später kommt der Riss in der Betonwand."

„Wie ist das mit der Erotik," fragte Helge. „Manche Göttin stellt man sich ja sehr erotisch vor. Das wird sicher von den Vertretern eines absoluten Geist-Gottes abgelehnt. Das dürfte denen zu irdisch, zu körperlich sein."

„Sicher. Dabei ist es das im Grunde gar nicht. Kommt man den Leuten mit *sacred sex*, dann melden sich bei ihnen seltsame Phantasien, was sicher daran liegt, dass so vieles verdorben worden ist. Es gilt, das Elementare ganz neu zu entdecken. Es wieder rein zu machen. Die heilige Ordnung der Geschlechter zu kultivieren. Sex, Liebe und das Göttliche als Einheit denken und leben."

„Bei dem vielen Schmutz und Missbrauch in der Welt, keine leichte Sache," meinte Helge.

„In der Tat."

Die Anhöhe Birkeneck – Birken stehen für Hoffnung und Neubeginn

Erneuerungsritual an einem Birkenstamm

21. Das Eigene – eine neue „Göttin"

Was ist das Eigene?

Das Deutsche, das Christliche, das Germanische? Der Spirit von Friesland? Der Spirit der Wildeshausener Geest? Und was ist das, der Spirit? Man könnte darüber lange diskutieren, aber am Ende käme man zu keinem Schluss. Es gibt in diesem Land keinen Konsens. Allein das ist vielleicht schon ein Beweis, dass es nichts Eigenes gibt.

Die vielen Migranten mit ihren je eigenen Gesellschaften helfen uns nicht, das uns Eigene zu finden oder zu entwickeln. Sie leben alle in ihren türkischen, jüdischen, syrischen, afrikanischen etc. Communities.

Manche meinen, es in der EDDA gefunden zu haben.

Andere in den Märchen.

Aber das sind alte Texte aus lange vergangenen Zeiten. Wir können nicht zurück. Die alten Zeiten sind vorbei, was sicher eine jedem bekannte Tatsache sein dürfte. Die Versuche in der Vergangenheit, im neunzehnten und zwanzigsten Jahrhundert, alte Zeiten zu reaktivieren, sind gescheitert. Man kann sich die Versuche anschauen, aber viel bringt das nicht.

Wir stehen vor der historischen Aufgabe, ein Eigenes neu zu entwickeln. Eine eigene Kultur braucht viel Zeit für die Entwicklung. Vielleicht ist es durch die modernen Medien sogar unmöglich geworden, weil uns die modernen Massenmedien verwirren, verführen, irritieren und vieles mehr, vor allem predigen sie den totalen Relativismus, alles kann so sein, oder auch anders, es gibt nichts Verbindliches, keine Treue, keine Heimat, alles ist im permanenten Wandel. Im Klartext heißt das: Es soll auch gar nichts Eigenes entstehen, das stark und selbstständig ist. Man soll ja gerade abhängig sein und bleiben, von den Medien!

Die GÖTTIN ist nicht ein Wesen außerhalb der Welt, weit weg von der Erde. Sie ist die Erde, die heimatliche Erde. Wo sollte man auch neu beginnen, wenn nicht bei der heimatlichen Erde, dem eigenen Boden? Etwa auf dem Mars?

Es geht um eine neue Haltung, ein neues Denken, eine neue Herzens- und Lebensverbundenheit.

Die Verstädterung, die Urbanisierung ist ein Irrweg, weil er uns von der Erde entfernt, dachte Helge. Im Weltraum werden wir niemals zuhause sein. Wenn Menschen nur herumjetten in der Welt, haben sie kein Zuhause.

Der Krieg in der Ukraine zeigt es uns knallhart, wie falsch alles ist, wenn Energie aus Sibirien kommt und Getreide aus der Ukraine, Gemüse aus Spanien, Marokko etc. Das ist alles ein falsches globales System. Man muss sich von der eigene Region ernähren können!

Helge hatte schon lange keine Lust, mit Leuten über das Problem zu sprechen, denn es lief immer nur darauf hinaus, dass man ja so viele Menschen habe und nichts ändern könne, und die Reichen würden sowieso alles sabotieren. Dann geht unter, sagte Helge.

Er wollte keinen überzeugen. Jeder musste selbst zur Erkenntnis gelangen, dass sich die Zivilisation auf einem Irrweg befindet, auf dem Irrweg der Ausbeutung der Natur was einer Vernichtung gleichkommt. Die Wahrheit ihres Systems war für ihn die Naturvernichtung.

*

Helge dachte, jeder könnte im Sinne einer freien Spiritualität der Natur, die keinen Namen haben muss, seine eigenen Riten zusammenstellen. Es müssten nicht viele sein. Sie müssten eher einfach und elementar sein. Unkompliziert.

- die Tempel (= die Megalithbauten) der Ahnen besuchen
- einen uralten Baum besuchen
- einen Kraftplatz finden
- einen Steinkreis legen
- einen Berg besteigen
- trommeln und singen

Und all das kann man immer wiederholen, variieren, entwickeln, so, wie es einem selbst sinnvoll erscheint. Man kann es allein machen, man kann es gemeinsam machen. Im Zentrum aller Rituale sollte Mutter Erde stehen, der Himmel und alle lebenden Wesen. Das Motto lautet: Mach es oft und mach es einfach! Durch viele Wiederholungen verstärkt man den Geist. Einfach, damit es leicht geht, ohne viele Regeln, Gegenstände, Texte und so weiter.

Wer immer noch eine Autorität braucht, kann sich eine suchen, dachte Helge. Aber von der muss er sich dann irgendwann emanzipieren, und frei werden, unabhängig.

Der unabhängige Mensch ist das Ziel, nicht die digitalisierte Marionette, schimpfte Helge, als er einem fliegenden Bussard zuschaute. Sei ein freier Bussard!

Der Bussard versteht mich, die meisten Leute leider nicht.

Einfach und unscheinbar, vor allem unspektakulär, dachte Helge. Er betrachtete intensiv die Blüten einer Heckenrose. Ihre fünf weißen Blütenblätter, die für die fünf Elemente stehen können. Die geöffnete Blüte. Das Summen der Insekten. Das ist es!

Die Botschaft der Heckenrose

sie ist einfach und wild
sie ist völlig natürlich

du brauchst keine Seminare
du brauchst keine Belehrungen

geh hinaus in die Natur
lass dich führen und ansprechen

schau in die weiße Blüte
der Heckenrose

brauchst du Symbole?
brauchst du Erklärungen?

Schau die Schönheit der Blüte!

Blüten einer Heckenrose

22. ANHANG

Eigene Wege muss man selbst gehen, so trivial sich das anhören mag, dachte Helge. Eigene Wege muss man selbst suchen. Irgendwo in der Landschaft, irgendwo entlang von Büschen, von Heckenrose, oder im Wald. Manchmal geht man einen Weg, manchmal keinen, wenn man einfach über eine Wiese oder über Ödland geht, wo keinerlei Landwirtschaft betrieben wird.

Zeichnungen sind ein eigener Weg der Annäherung, der kreativer ist als das Fotografieren.

Jeder ist frei, sein Eigenes zu leben!

Heckenrose

Locomotive Breath

In the shuffling madness
Of the locomotive breath
Runs the all-time loser
Headlong to his death
Oh, he feels the piston scraping
Steam breaking on his brow
Old Charlie stole the handle
And the train it won't stop
Oh no way to slow down

He sees his children jumping off
At the stations one by one
His woman and his best friend
In bed and having fun
Oh, he's crawling down the corridor
On his hands and knees
Old Charlie stole the handle
And the train it won't stop going
No way to slow down
Hey

He hears the silence howling
Catches angels as they fall
And the all-time winner
Has got him by the balls
Oh, he picks up Gideon's bible
Open at page one
I think God he stole the handle
And the train it won't stop going
No way to slow down

Gnadenmadonna auf einem Stein am Waldrand bei Baldham, Lkr. München, eine christlich-naturreligiöse Stätte der Verehrung

Persönliche Seite.

Jeder Leser kann selbst fünf Begriffe zusammenstellen. Er kann die fünf Elemente nehmen: Erde, Wasser, Feuer, Luft und Geist. Oder andere Begriffe, Werte, Prinzipien, die ihm oder ihr wichtig sind: Erdung, Heimatverbundenheit, Ehrfurcht vor dem Leben, Mitgefühl mit allen Lebewesen, Achtsamkeit etc. Für die Mitte der Blüte kann man seinen wichtigsten Wert nehmen. (vgl. Seite74)

Rosa Blüte der Heckenrose

Heiliger Hain, 18.10.21

Wolf E. Matzker, geb. 1951. Naturmystiker, Dichter und Künstler. Der Autor studiert, entwickelt und lebt den schamanischen Weg seit Ende der siebziger Jahre. In Zeiten extremer Naturzerstörung ist das kein leichter Weg.

Positivistische Sichtweisen lehnt der Autor ab, denn er will sich der Realität stellen.

Der heilige Wald, Magie, Schönheit und Spiritualität des Waldes, 2016
Heimat und Spiritualität, über Natur, Heimat und einen lokalen
Schamanismus, 2017
Naturverehrung, die heilige Natur bei Goethe und anderen deutschen
Dichtern, 2017
Heilige Berge, Magie, Schönheit und Spiritualität der Berge und Felsen, 2017
Megalith und Schamanismus – Großsteingräber in Norddeutschland und
naturverbundene Spiritualität, 2018

Wodans Adler – naturmystische Gedichte 2012 – 2018, 2018
Meer und Traum, das Meer im naturmystischen Weltbild, 2019
Die heilige Heide. Magie und Spiritualität der Heide. 2019
Die deutsche Romantiker-Seele. Auf der Suche nach dem Wesen der deutschen Seele. 2020
Sterbender Wald. Waldwege in Zeiten von Zerstörung und Neubeginn. 2020
Schamanismus und Spiritualität, Über Schamanismus, Kunst, Religion und das Leben, 2021
Waldwege. Der Wald in Zeiten des Klimawandels. Erweiterte Fassung von „Sterbender Wald". 2021
Die Sehnsucht nach einer anderen Welt. Über das Jenseits und Träume von einer anderen Wirklichkeit, 2021

Alle lieferbaren Bücher: siehe bei Amazon.
Weitere Informationen unter: www.visionhill.de

Literaturhinweise:

1. **Böhme, Jacob:** Aurora, oder Morgenröte im Aufgang, Wiesbaden 2013, Marixverlag (Das Gute und das Böse ist immer zusammen vorhanden.)

2. **Cunningham, Scott**: Wicca – Einführung in die Spiritualität und Praxis der neuen Hexenkunst, Hamburg 2020 (Sehr gutes Überblickswerk.)

3. **Dostojewski, Fjodor:** Die Brüder Karamasow, Köln 2010 - Ausgabe des Anaconda Verlages (Roman über die Seele des Menschen.)

4. **Foucher, Joanne**: Unsere heimischen Göttinnen neu entdecken, Saarbrücken 2020 (Gutes Kreissystem der Göttinnen.)

5. **Schmeil**: Pflanzenkunde, Nachdruck der Ausgabe von 1973, Waltrop und Leipzig 2009 (Ein altes Biologiebuch, in dem man noch die Liebe zur Natur spüren kann.)

6. **Starhawk**: The Spiral Dance. A Rebirth of the Ancient Religion of the Great Goddess, New York 1999 (Der Klassiker!)

+